春くれなゐに

思ひ出和菓子店を訪ねて

大平しおり
Shiori Ohira

春くれなゐに

〜思ひ出和菓子店を訪ねて〜

目次

装丁　bookwall
装画　前田ミック

色を探す旅に出よう。自分の色を。自分だけの色を。

序章　たった一つの色

この街はなんて色濃いのだろう。

初めて東京《とうきょう》から出た十歳の紅《べに》は、ため息とともにそう思っていた。

整然とひしめく町家の、墨を刷《は》いたようなしっとりとした瓦。街角でふと出会う丹塗《にぬ》りの鳥居。光に彩られた新緑と、幾百年を耐えてきた苔《こけ》の群れ。

大正六年、その古い都――京都《きょうと》で行われた祝言《しゅうげん》は、ささやかだが美しいものだった。白無《しろむ》垢《く》と角隠しに包まれた新婦と、長めの前髪の向こうから面映《おもは》ゆさが覗《のぞ》く新郎。

自分と十も離れていないこの二人がなんだかとても眩《まぶ》しくて、仲人《なこうど》の父にくっついてきただけの紅だったが、まるで本当に近い親戚が式を挙げたかのような晴れがましさをおぼえた。

小さな宴席でふるまわれた料理もまた、洗練されていてきれいだった。赤漆《あかうるし》の汁椀《しるわん》に、障子からやわらかに入る光が映り込んでいる。蛤《はまぐり》の汁をそっと口に含んだとき、紅の瞼《まぶた》にあるはずのない幻影がちらついた。

そこは晴れわたった海辺。

鮮やかな空と海はどこまでも凪《な》いでいる。だけど、視線の主は紅ではない。屈《かが》み込んで覗いた水面《みなも》に映ったのは、紅と同じくらいとおぼしき年ごろの少女だった。涼しげな麦わら帽子に、洋装の白いズボンを穿いている。ふいにその澄んだ瞳《ひとみ》が、隣に立つ少年になにか話しかけるように向けられた。

──この人たちは……。

紅はハッとして主役の二人に目を移した。同時に、自分が彼と彼女の「思い出」を垣間見《かいまみ》たことを知った。そしてその行く末は、幸福に溢《あふ》れたものになるだろうと確信できた。

「……視《み》えるのが、こんなものばかりならいいのに……」

ぽつりと、無意識のうちに呟《つぶや》いていた。

『先生！　紅ちゃんがまた変なものが見えるって言ってます』

『優しくしておあげなさい。紅ちゃんのおうちはね、お母さんが──』

遠い東京に置き去ってきたはずの、苦い思いが去来する。紅が唇を固く結んだそのとき、宴《うたげ》の最後となる膳が運ばれてきた。

そこに載っていたのは、ずいぶんと意外なものだった。

「わぁ……」

真っ白な敷紙の上に、青《あお》い飴《あめ》のようお菓子がいくつか盛られている。

その色の鮮やかさは、紅の瞳を一瞬で奪ってしまうには十分だった。

やわらかな光を反射する、深い青。いや、「青」と一括《ひとくく》りにするにはもったいない。空とも、渚《なぎさ》の色とも違う。本当はなんという色なのだろう。群青《ぐんじょう》色——違う、瑠璃《るり》色だろうか？

透明に光るその青い菓子は、流れる水の形だった。細い飴を加工して、楕円の渦巻き型を作り出している。紅は、一昨年《おととし》亡くなった母と近所の神社で覗いた井戸を思い出した。うっそうとした木々に囲まれたその井戸は、引き込まれそうなほどに神秘的な青をたたえていた。

あのとき、母は言った。

『ここにはねぇ、神様がいるのよ』と。

『きれいな色の中には神様がいるの。それはとても素晴らしいこと』

その詳しい意味をこのとき訊《き》いておけばよかったけれど、紅は地面の奥底でふしぎなほどに光る青に目を奪われてしまっていたし、なにより母がもうすぐいなくなるだなんて思いたくもなかった。

しばらく、手もつけられずその菓子に見入っていた。美しいだけではなくて、言葉にはできない凄絶《せいぜつ》さすら感じて。それはあの深い井戸を覗き込む心地《ここち》にも似ていた。奇しくも、その

「有平糖《あるへいとう》」というお茶菓子には、「渦」の意味を持つ「観世水紋《かんぜすいもん》」という名前——菓銘がつけられていることを、周囲の会話から知った。

「あら、まぁ。婚礼菓子にしては——」という呟きも同時に耳に入ったが、紅にはこれこそがこの席にふさわしい菓子だと自然に信じられた。

「そうだ、これは——」

あの幻影の海と空を、掬《すく》い取《と》って雫《しずく》にしたような色ではないか。

紅の父は画家だ。その絵を見るたび、紅は色とりどりの世界に焦がれ、いつか自分もこんな色を創れたなら——と思い描いていた。

空の色は、そして海の色は手に入らない。何度、この色を自分のものにしたいと思っただろう。それを、芸術は容易に表現することができる。それでも、その中まで手は届かない。だけど、どうだろう。お菓子だったなら。


「やっぱりこれ、樒《しきみ》くんが作ったのね」

隣の、新郎の遠縁という女性が呟いた言葉が耳に入る。紅はそこで初めて、この和菓子を生み出したのが、大人しそうな新郎だということを知った。

「あの……これ、本当にあそこのお兄さんが？」

「そうよ。樒くんはね、小さいときから手先が器用で。……ま、ちょっと変わっているけどね」

彼女は苦笑したが、「綾子《あやこ》さんも画家として出発したばかりだし、若いけど楽しみな二人なのよ」と教えてくれた。続いて、「あなたも有名な画家先生のお嬢さんだし、お絵描きが好きなんでしょう?」という当たり障りのない話に移っていったけれど、紅は苦笑して濁すだけだった。

本当にお父さんのようになれたら、どんなに心が自由になるだろう。

紅の中には、絶えずたくさんの色が流れ込んでくる。それは美しいばかりではない。悲しかったり、汚れていたり、憎しみにまみれていたりもする。

人が抱えている物語は、絵画のようにはいかない。

だけど、清らかな心で作られたお菓子だったなら……?

婚礼菓子といえば縁起を担いで赤や白を用いるということくらい、紅だって知っている。それなのになぜ、彼はたった一つの青を、そして流れる水の意匠を選んだのか。思い出の景色だから——それだけなのだろうか。

一言訊いてみたいと思いつつも、紅は花嫁とそっと笑みを交わす花婿へ、ついに話しかけることができなかった。もしかして、このときその小さな勇気を持つことができていたなら、紅の未来は変わっていたかもしれない。

溌溂《はつらつ》とした妻と、穏やかそうな夫。理想的な二人の姿、そしてしっとりと甘い飴の色を胸に、紅はまた日常に戻っていく。いつか自分も、誰かの心を動かす人になりたいと願いながら。

あの深い青は、紅にとって畏怖と憧れとが入り混じった夜の夢であり、翼でもあった。

第一章　青はつかめない

一

「わぁ……京都の色は、相変わらず濃いのねぇ」

八年ぶりに訪れた古都の時間は、あのころから動いていないような気がした。

それは汽車の窓から見えた甍《いらか》の鈍《にび》色の照り返しや、鮮やかな空の青を貫く五重塔の影にそう思っただけにすぎない。もう東京では見られないかもしれない風景に、ふと懐かしさのようなものがよぎっただけだが、それだけでも紅にとってみれば小さな喜びだった。

「京都のご飯はおいしいのよね。それに……お菓子だって」

よく晴れた七月の午後。ルネサンス風のハイカラな京都駅に降り立つと、東京と変わらない、いや、それ以上の人波に少し舌を巻いた。関東一円を壊した大震災から二年弱——帝都の復興は目覚ましいと大人たちは口を揃《そろ》えるけれど、やはりこちらのほうが活気を感じる。紅の実家は山の手の赤坂《あかさか》区青山南町《あおやまみなみちょう》なので直接の被災は免れたものの、生活を立て直すのは並大抵のことではなかった。

「お父さん、一人暮らしでこれから大丈夫かしら……」

籐《とう》のトランクを抱えた紅は、新しい土地への期待と、少しの感傷にひたりながら駅を出たけれど、まっすぐ歩いていたはずだったのに、どういうわけか道に迷ってしまった。

広い街路の両側には、古い町家と西洋造りのコンクリート建造物が同居し、ところどころの庭先から、生命を燃やす蟬《せみ》の声が盛んに響いている。この街は碁盤目状だから赤ん坊でも歩けると父に力強く言われて送り出されたのに、人混みのせいで、絵図と照らしてもどっちが北か南か、わけがわからない。

そもそも紅は、ほんの幼いころ母に叩《たた》き込《こ》まれた武芸に多少覚えがある程度で、それ以外のことは壊滅的に苦手なのだ。

女学校では勉学も実技もからきし駄目で、挨拶くらいはしっかりやろうと声を張り上げれば、「品性がない」と怒られた。春に無事卒業できたのは奇跡だったとしか言いようがない。

父のように画家を目指し、手習いしていた時期もあったけれど、人物を描けば花瓶ですかと言われ、空の絵すら野原と間違えられ、そんなことばかりで嫌気が差して断念してしまった。

「あぁもう！　過去は振り返らない！　せっかく京都まで来たっていうのに！」

紅には会いたい――会わなければならない人たちがいるのだ。大きく首を振り、とりあえず大きな通りを進めばなにかわかるだろうと、ひたすら人の隙間を縫った。

そこに――。

「危ない！」

突然、後ろから誰かに腕を引っぱられた。

「きゃあっ!?」

反動で尻餅をついた紅の眼前を、けたたましいベルを鳴らしながら赤い花電車《はなでんしゃ》が走り去っていく。

「大丈夫ですか!?」

驚愕《きょうがく》でなにも言えない紅に、細身の白シャツをまとった手が差しのべられる。その主は十八の紅と同世代に見える青年だった。奥二重の澄んだ目に小さな銀縁の丸眼鏡をかけて、いかにも人の好《よ》さそうな丸顔で紅を見下ろしている。

「あ……は、はい……」

青ざめた顔で小刻みに頷《うなず》きながら、その手を取ろうとした紅は、脇に落ちている黄《き》色い鳥打帽《ハンチング》に気づいた。

「これは……？」

「あ、僕の……すみません」

青年に帽子を渡そうと、紅がそれを拾い上げた瞬間――。

金色《こんじき》の午後の光の中でそよぐ、一面の薄《すすき》が広がった。

薄と思ったものは稲穂にも似ていて、向こうからやってくる風に頭を揃えて気持ちよさそうに揺れている。その鮮やかな黄とも金ともつかぬ波が、紅の瞼に刻まれた。

「あの……どうかしましたか？」

「あ！　いえ……」

それはほんの一瞬の幻だった。

意識は薄野原から、京都の雑踏へと戻ってきている。紅は自分で立ち上がり、呆然《ぼうぜん》と周囲を見渡す。目の前に、陽炎《かげろう》に歪《ゆが》む路面電車の軌道が延びていた。

「今日は祇園祭《ぎおんまつり》の宵山《よいやま》でしょう？　人出が多いから前がよく見えませんよねぇ。まぁご無事でなによりや」

「あ、お祭りなんですね。ありがとうございます。私ったら、いつもドジばっかりで」

苦笑する紅の言葉が東のものと気づいたらしい青年は、「京都は初めてなんですか？」と親しげに問うてきた。東京だったらこんな様子のモダン・ボーイには要注意なのだが、なぜだか彼からは狡猾《こうかつ》さというか、邪気のようなものが感じられない。むしろ、ボーッとしていれば強盗にでも身ぐるみはがされそうな、無防備そのものの笑顔だ。

「ええ……まぁそんなものです。あ、ちょっとお尋ねしますが、壬生川《みぶがわ》の『静閑堂《せいかんどう》』というお菓子屋さんをご存じないですか？　そこに行きたいんです」

「壬生川……んー、ちょっと待ってくれますか」

言葉の調子から、彼も関西出身ではなさそうだということに、もっと早く気がつけばよかった。あまり土地勘がないようで、道行く人を捕まえ、わざわざ訊いてくれている。

「壬生川、わかりましたよ！　ええとね、いま僕らがいるのは四条烏丸通《しじょうからすまどおり》なんですよ。ここを一度引き返してですね、五条通《ごじょうどおり》まで歩いて――まぁいいや。ご案内しましょう」

親切な青年は笑顔でそう言う。紅が心配になるほどのお人好しだ。


「いやぁ、京都には町が多くてややこしくて。みんな通りの名前を使うんですよ」

のんびりした調子で青年が教えてくれた。彼もまだこの街に来て一年と少しらしい。

「ところで、お嬢さんは観光でいらしたんですか？　祇園祭は見ていかれないんで？」

そう問われた紅は、「んー、まぁ機会があれば」と微笑《ほほえ》む。

「山鉾《やまほこ》って、知ってますか？　きれいな赤い山車《だし》みたいなものがですね、お囃子《はやし》に合わせて街中を練り歩くんですよ。圧巻ですからぜひ見ておいたほうがいいです」

「……ええ」

世間話をしながら、五条通という広い道を渡る。しばらく進むと、料理屋や花屋、小間物屋などが並ぶ小路《こうじ》に入った。なんでも、近くの島原《しまばら》という花街との関わりらしい。かつての全盛期には及ばないらしいが、東京の吉原《よしわら》とは違って堀もなく、劇場や歌壇があったりして市民にもずいぶん開けた街なのだと、青年は教えてくれた。

「ま、僕には縁がないですがねぇ」

お菓子屋があるならばこのあたりかと思ったが、どうやら違うらしい。

通行人にいろいろと尋ねながら、青年は細くなる道を進んでいく。ついに人っ子一人いなくなってしまい、あたりには整然と古い町家が並ぶ。人混みからは逃れられたが、蒸し器の中のような暑さは変わらない。紫の袴《はかま》を穿いてきた紅は、お気に入りの白いワンピースでも着てくればよかったと悔やんだが、それは先日質に流してしまったのだった。

青年も肩かけ鞄《かばん》からハンカチーフを出して汗を拭きつつ、心配そうな色を浮かべ呟く。

「壬生川のお菓子屋ならこっちじゃないかと言われたけど……本当にこんなところにあるのかなぁ……」

家々の間に、肩をすぼめるようにして小さな石の鳥居と社《やしろ》が嵌《は》まっている。石造りの痩《や》せた狐の前に白い饅頭《まんじゅう》が供えてあった。確かに、あまり繁盛店がありそうな立地には見えない。

紅は不安を振り払うかのように、「まだお若い夫婦ですけど、やっているはずです。日本一のお菓子なんです！」と声を張った。

真面目《まじめ》な紅の言葉を、青年は笑ったりはしなかった。ただ、「へぇ」と目を丸くする。

「日本一とは、大きく出ましたねぇ。そういうの、僕好きですよ。じゃあご店主に会えばすぐにわかりますね？」

「それが――」

紅は俯いてしまった。

「お顔を思い出せないんです。子供のころにお会いしたからか、忘れてしまって……」

「あぁ、そうですか……」

どういうわけか、紅は東京に帰ってからあの新郎の顔が思い出せなくなっていた。あれほど心に焼きつけようと思ったのに。そう思えば思うほど、彼の顔は靄《もや》がかかったかのようにぼやけていく。

「でも、奥様ならきっとわかると思います。花嫁衣装がとってもよくお似合いでした」

「もう花嫁姿じゃないでしょうけどねぇ」

笑われてしまい頬《ほお》を赤らめた紅だったが、青年の「あ」という声につられ、その視線の先を追った。

それは町家に溶け込む小さな店舗のようだった。一見してそうわからないのは、濡《ぬ》れ羽《ば》色の格子戸に暖簾《のれん》もなにもかかっていないからだ。その上部にはかつて看板でもあったのか、錆《さ》びた金具だけが打ってある。

ただ、わずかに開いた戸の隙間から、中の様子がうかがえた。がらんと暗い室内に木箱が無造作に積んであり、そこには確かに「静閑堂」の筆文字がしたためられていた。

「あった……けど……」

やっているのかな？　という言葉を青年が飲み込んだのは紅にもわかった。まったく同じ思いを紅も抱《いだ》いたからだ。けれど、はるばるここまで来たからには帰るわけにはいかない。

案内のお礼を言うと、青年はわずかに困ったような顔をした。ここで紅を放っていくのは後生が悪いような気がしたのだろう。けれど、通りすがりでそこまで気にかける義理はない。苦笑いして、「日本一なら、今度食べなくっちゃ。教えてくれてありがとう」と微笑んで去っていった。

さきほどの幻影がまだ忘れられず、紅はしばらく彼が消えた小路の角を見つめていた。

一つ、深呼吸して気持ちを切り替える。新しい土地に来たからか、久しぶりに「あれ」を視てしまった。そうならないよう、できるだけ人と関わらないようにしていたのに。

「でも、きれいな景色だったな」

黄金《こがね》色の薄。あれはどこの野原なのだろう。できるなら、本当にそこへ行ってみたいような。だけど、あの人に会うことはきっともうないだろう。

複雑なため息をついたあと、紅は格子戸へ振り返った。

「さて……」

戸の隙間に手をかけて深呼吸する。きっとなにか用事があって臨時休業しているに違いないが、あの夫婦は中にいるだろうか？

「ごめんくださぁい」

できるだけ上品に、紅は挨拶した。いきなりうっとうしがられるわけにはいかないのだ。だがいくら待っても反応がない。戸は開いているのだから、誰か必ずいるはずなのに。

「ごめんくださーい!!」

半身を入れて何度か呼んだが、無駄なようだった。

奥行きのある室内はやはり店のようで、左半分の土間にはからっぽの棚や木箱が並んでいる。右半分は一段高い畳敷きになっていて、本来は客にお茶を出したり会計を済ませる帳場だったらしい。いくつかの小さい机には埃《ほこり》っぽい白布が掛けられている。確かに昔なにかが営まれていた痕跡に、紅は胸の痛みとともに焦りをおぼえていた。

「すみませーん！　どなたかいませんか?」

背後を通った猫が驚いてニャー！　と逃げていったが、それどころではない。

「たのもー！　たのもーっ!!　誰かぁーっ!!」

「誰もいないよ」

「わっ!?」

意外なほど近くでボソッと呟く声がしたので、紅は飛び上がってしまった。

「さっきからいったいなにごと？　たのもうって……道場破り?」

「え？　どこ……?」

誰もいないのに声だけが聞こえる。きょろきょろしている紅の前で、突然一枚の白布が蠢《うごめ》いた。そうかと思えば、中から出てきたのは長身の男性だ。年のころは二十五、六。昼寝でもしていたらしく、しょぼくれた目とボサボサ髪、そしてゆるんだ藍《あい》の作務衣《さむえ》の衿元を隠そうともしない。けれど、眠たげな表情を差し引いても、穏やかそうな人だと思った。

「あぁ、すみません、お客さんでしたか？　てっきり近所の子の悪戯かと……。でも、この店はやっていないんですよ。ご用事がおありでしたら別のところに――」

「……先生……」

「……は？」

「お、お久しぶりです……大江《おおえ》先生！」

「せ、先生？　誰のこと？」

つかみかからんばかりの紅の勢いに、大江先生と呼ばれた男は完全に気圧《けお》されている。

この人こそが、昔日《せきじつ》に会った新郎だとすぐにわかった。優しそうな下がり眉と、やや垂れた切れ長の目。白い細面と指。長く思い出せなかった人が、ようやく紅の中で像を結んだ。

「長い間お会いしとうございました。大江榁先生でいらっしゃいますよね!?」

「た、確かに俺の名前はそうだけど……？　いや、でも先生って……？」

「申し遅れました。これまで何度か手紙を出させていただいた、藤宮《ふじみや》紅です」

「……手紙……？」

ようやく目的の人物と会えた嬉《うれ》しさに、つい浮足立ってしまった紅だったが、しだいに相手の反応が芳しくないと気づいた。

大江は、ゆっくりと考え込むように顎に手を当てている。

「あー……もしかして」

そう呟くとおもむろに立ち上がり、戸口のすぐ内側の木箱を開け、中から封書の束を抱えてきた。

「あの、もしかして、それは……」

「配達人さんに言ってあるんです。手紙はここに入れといてくださいって」

唖然《あぜん》とする紅の前で、大江は手紙を選《よ》り分《わ》けていく。その中から取り出されたのは、紅が半年も前から切々と綴《つづ》って送り続けていたはずの、未開封の書簡たちだった。

「ええと……『初めてお手紙失礼いたします。東京美術専門学校長《とうきょうびじゅつせんもんがっこうちょう》の藤宮恭太郎《きょうたろう》の娘、紅と申します。この度は大江先生の素晴らしい和菓子が忘れられず、弟子入りをお願いしたく筆を執った次第で――』」

『思い起こせば八年前、幸せなご夫婦の祝言で頂戴《ちょうだい》した祝い菓子がすべての始まりでございました。お二人の思い出をかたどった美しき青き有平糖は私の頭のてっぺんから爪先までを貫き、一瞬で虜《とりこ》にしたのでございます。当時私は父の後を追って拙いながらも画業を志し、色の勉強をしておりました。そんな中で出会いました一片の観世水紋の雫に――』

途中まで目を通したところで、大江は困惑を苦笑に変えて貼りつけたような顔を上げた。まだ手紙は三十四枚と七通あるのだが。

「ええと、目の前にいるから本人に訊けばよかったね。つまり、ご用件は――」

「今日から奉公させてください!!」

紅は平身低頭叫んだ。

「改めまして、藤宮紅と申します！　断りのお返事がなかったことを、勝手に了承いただいたものと勘違いし、押しかけてしまいました！　申し訳ありません！　私は女学校卒業後、先年の地震で半壊して借金まみれになった父の学校再建を手伝っていたのですが、ようやく目処《めど》がついて奉公先を探せるようになりましたので、大江先生と奥様のもとで働けたらと思いまして！　お店の休業が明けましたらぜひ私を使っていただ――」

「ま、待って」

紅が言い終わるのも待たず、大江は遮った。

その顔に、どこか倦《う》んだような影が差しているような気がして、紅は戸惑う。

「あのね、悪いけれど、もう店をやるつもりはないんだ。じつは……一年前に妻が病気で亡くなってね。藤宮先生は復興で大変かと思って報《しら》せていなかったんだよ」

「……え……」

突然明かされた事実に、紅は言葉を失うしかない。

あの……美しくて溌溂とした花嫁が……もうこの世にいない？

「なんだか俺も気力を失って、店を閉めてしまって……画家だった妻が遺《のこ》した絵を売って息をするだけの日々だよ。彼女の恩師でもあった藤宮先生はきっと軽蔑するだろうね。どうしようもないやつだよ、俺は……」

「そんな、ことは」

そう言いながらも、哀しげに微笑む大江を前にして、紅は酸欠の金魚さながら、呆然と口を開け閉めするばかりだった。

「……すみません……私……」

紅は再び頭を下げた。さきほどまでみなぎっていた力は、もうどこかへ消えてしまった。

「帰ります、東京に……。奥様を亡くされていたなんて……おつらかったですよね」

「……わざわざ来てもらったのに悪かったね」

「いえ……あの、それで、帰るんですが、その……」

「なんです？」

「帰りの汽車賃を持っていないので、そのぶんだけでもなにか働かせてもらえませんか……」

半泣きで顔を上げた紅に、大江は複雑な愛想笑いを浮かべたまま絶句していた。

夏の長い日が暮れかけたころ、大江はありあわせのもので夕飯をご馳走《ちそう》してくれた。店舗奥の小さな居間の小さな卓袱台《ちゃぶだい》。そこに、紅には馴染みのない京風の料理が次々に並んでいく。

「いただきものの『身欠《みが》き鰊《にしん》と賀茂茄子《かもなす》の煮《た》いたん』と、桂川《かつらがわ》の鮎《あゆ》、それとおつゆね」

この恬淡《てんたん》とした様子の元店主に、帰りの汽車賃は貸す、ただ夜行列車は心配だから明日の朝一で帰るように——と言われた紅だった。恐縮しながら焼きたての鮎を齧《かじ》ると、ハッとするほど爽やかな香りがした。

「おいしい！」

実家でも女学校でも食いしん坊の称号をほしいままにしてきた紅だったが、さすがにこんな状況で満腹まで食べるわけにはいかない。おかわりは我慢と決めたが、思い出代わりに京都の料理にありつけて、幸せいっぱいの顔になる。

湯葉と青菜のすまし汁の椀を取ると、台所でていねいに出汁を取る大江の姿がありありと想像できた。なにごとに対してもしっかり向き合う真面目さと、どこか軽やかな自在さのようなものが料理にも表れている気がする。

「それにしても、有り金を全部汽車賃に突っ込んで来るなんて、すごい度胸だね」

大江に言われ、紅はむせかけた。彼は呆れているというよりは、どこか面白がっているような表情だ。

「いくら東京は不況とはいえ、菓子屋で働きたいならあっちのほうが多いだろう？　洒落《しゃれ》た洋菓子屋だってたくさんあるし。どうして、わざわざなけなしの汽車賃を払ってまで慣れない京都に？」

「やっぱり大江先生のお菓子作りを、一度じかに見せていただきたくて」

紅は微笑んでそう答えたが、大江は納得していないらしい。穏やかに下がった目のまま、しばらく紅の顔をじっと眺めていた

「本当にそれだけのことで？　自分の生活も家族も全部置いてくるなんて、ただごとじゃない気もするけど……」

「それは……」

思わず言い淀《いよど》んでしまった紅に対して、「いや……いいんだよ」と大江はほろ苦い笑顔を浮かべた。もう明日で会わなくなる人間を詮索してもしかたがないと思ったのかもしれない。

「それにしてもきみ、いい食べっぷりだねぇ。どれも、夏になると妻がよく作っていたんだよな」

久しぶりにこの話ができることを、どことなくはにかんでいるようにも見えた。酒は嗜《たしな》まないらしく、背筋を伸ばしてていねいに箸を運んでいる。

紅もつられたように微笑した。

「奥様は京都のご出身なんですよね？　先生は――」

「あぁ、俺は八歳までは東京にいたんだ。その後、家の事情でいろんな場所に移り住んだけどね。きみは聞いているかな。十歳のときに出会った藤宮先生に紹介してもらって、日本橋《にほんばし》の和菓子屋、『升屋《ますや》』へ奉公に入って、ようやく落ち着いたのさ」

それは、祝言のときに誰かが噂《うわさ》していたような気がする。升屋といえば東京で知らぬ者はないほどの名店だが、十歳ならば本来は尋常小学校の学齢だ。大江はおそらく経済的な事情から、小学校にも通うことを許されなかったのだろう。紅の学年にも、そうして無言でいなくなっていった子供たちが何人もいた。

紅があいまいに頷くと、大江はその胸中を察したのか、「だから、お金がないやるせなさはよくわかるつもりだよ」と呟いた。

「そうだ、ちょうど祇園祭をやっているから今夜見にいくかい？　赤い山鉾がきれいだよ」

一日で京都を去る紅に、気を利かせてくれたらしい。せっかくの誘いだったが、紅はちょっとシュンとしたような微笑みで遠慮した。

「あ、お気になさらないでください。ちょっと、人混みは苦手ですし……」

「そう？　祇園囃子も聞けるよ」

その魅力に心は揺れ動いたけれど、しばらく考えた末、やはり今夜は静かにしていることにした。

「本当にすみません……ありがとうございます」

「そっか。それならいいけど」

相変わらず大江は淡々としているが、その瞳には常に紅を気遣うような色が浮かんでいる。

いつのまにか、目の前の椀には湯気を立てる白米が大盛りでおかわりされていて、紅は照れながらも歓喜を隠せず、それを頬張った。


その夜は、二階の空き部屋を貸してもらえることになった。行ってみれば、こぢんまりした四畳半に白木の文机がある。

大江がどこからか布団を抱えてくる間に、紅は籐のトランクを整理した。文机の上に小物を置かせてもらうと、そこには珍しい瑠璃《るり》色の洋灯《ランプ》があることに気づく。火を灯すと、どんな感じになるのだろう？　森の奥の湖底のように光るだろうか。それとも意外と狐火のようになるかもしれない。どちらにせよきっと幻想的だろう。

「あぁ、それいいだろう？」

客用とおぼしき布団とともに現れた大江が、少し誇らしげに言った。

「妻のものだったんだ。点けてみるかい」

「え、いいんですか？」

待ってて、と言いながら大江は三つある抽斗《ひきだし》を上から順に開けはじめた。どうやら燐寸《マッチ》を探しているらしい。が、中は清々《すがすが》しいまでに空っぽで、残念ながらそれはどこにも見当たらない。

「あれ」

最下段の、一番大きい抽斗が引っかかってしまい、きちんと閉まらなくなった。大江は焦《じ》れたようにゴトゴトやっていたが、最後には抽斗ごと取り外して暗がりを眺めた。

「ちょっと窮屈だな。きみなら手が届くかも。やってみてくれるかい？」

奥になにか挟まっているようだ。お安い御用と紅が屈んで手を伸ばすと、西洋厚紙のようなさらりとした質感のものに触れた。

「これは……」

思ったとおり、出てきたのは一枚の白い洋封筒だった。宛名もなにも書いておらず、未使用のものとわかる。手渡された大江もおぼえがないらしく、矯《た》めつ眇《すが》めつしていたが、おもむろに中を検《あらた》めた。

「青……」

ほうと息を吐くように、大江が呟いた。

文机の上に置かれたものは、紅の掌《てのひら》に収まるほどの、厚手の青い和紙だった。それは濃紺《のうこん》といってよいほど暗く染められていて、手紙を書くのには不向きに思える。

これはなんだろうと、なにげなくそれに触れた紅だったが、その瞬間「あっ」と声を上げてしまった。

年季の入った畳と天井が、紺碧《こんぺき》の空と海、そして巨大な入道雲に変わる。

白い砂浜の向こうには、紅がこれまで見たこともない青い花が、一面に咲き誇っていた。

大江先生の――あの青いお菓子の色だと、紅は思った。


「――さん。紅さん!」

ふと気づくと、脱力して両手を畳についた紅の背中を、大江が後ろからさすっていた。一瞬、意識を手放しかけてしまったようだ。

「急にどうした? 具合が悪かったのかい? 水でも持ってこようか」

「あ、違うんです。ちょっと、青い花が――」

なにも考えずに言いかけて、紅はハッと口をつぐんだ。

「青い花……?」

「あっ、いえ……なんでもありません」

「もしかしてきみ、この紙のことをなにか知っているのか?」

「いえ、そういうわけでは――」

とっさに目を泳がせた紅に、大江は疑念を抱いたらしかった。

「本当に？　でも、急におろおろするなんて変じゃないか。どんなことでもいいから教えてくれないか」

「でも――」

「紅さん」

正面に回った大江に思わぬ力で両肩をつかまれ、紅は狼狽《ろうばい》する。

そのまなざしは、まるですがるように切実なものだった。

「お願いだ、なんでも教えてほしい。妻に……綾子にとって、青は特別な色だったんだ……。だから……」

「先生……？」

大江はなにかに気づいたようにパッと両手を離し、「すまない」と俯いた。

「……この机は、妻がずっと使っていたものなんだ。わけあって中の遺品は処分してしまったけれど、俺はいまそれを死ぬほど悔やんでいる……」

そんな中で、ふいにその一部が見つかったのなら、誰でも希望を持ってしまうだろう。

それは、愛する人からの手紙のようなものだと。

紅だって、それがどこからか届けばいいなと、どれほど希《こいねが》ってきたことか。

「どんなことでもいい。妻のことを知りたいんだ。知らなければならない。俺は……」

伏せた大江の睫毛《まつげ》が意外なほど長く、紅はどきりとする。それが微風を受ける木の葉のように頼りなげに震えていて、その祈りがどこかへ届けばいいと、思わずにはいられなかった。

「……本当に、なにを話しても、信じてくれますか……？」

かすれ声でそう問うた。ふいに上げた迷子のような大江の瞳が、紅を映している。

「私が話すこと、理解できないと思います……。誰も……父と母以外は信じてくれなかったから……」

「どういうこと……？」

紅の告白に、今度は大江が戸惑う番だった。だが、彼はしばらくの間を置いて、「わかった」と頷いた。

「もちろん、信じよう。きみは嘘《うそ》で人を惑わすようには見えない」

紅はそれを受けて、ためらいながら頷いた。明日には離れるとはいえ、長年尊敬の念を募らせてきた人だった。そんな人に、奇異な目を向けられるのは恐ろしかった。

だけど、紅もまた大切な人を喪《うしな》っている。こぼれ落ちてしまったなにかの断片を求める大江のひたむきさが、痛いほど良心に突き刺さってくる。

紅は、ほんの少しだけ話そうと決めた。それは、ほとんど誰もが一笑に付す——もしくは気味悪がって遠ざかる――奇妙な「体質」のことだった。
「私には、『思い出の色』が視えるんです」

「それ」が最初に視えたのはいつのころか、紅には記憶がない。

ただ、常にそれは突然で、紅どころか一緒にいた両親をも驚かせるには十分な事象だった。

紅が、人やものに触れたとき。ときおり、そこに宿っていたとしか思われない「景色」が眼前に立ち現れる。

父が公園で見つけてきた団栗《どんぐり》をくれたとき、それを拾い上げる父の周囲一面の、榛《はしばみ》色の落葉樹林が視えた。父の友人という高名な画家の美人画に触れると、深夜のアトリエに広がる、無間《むけん》の漆黒《しっこく》に視界が塗りつぶされた。

紅にとって、その景色はいつも「色」にまつわっていた。人やものやその背景だってしっかりとらえているのに、紅の印象に一番強く残るのは「色」だ。もしかして、画家であり美術教育者の父の影響もあるのかもしれない。紅の周りにはいつだってとりどりの色が配されていたから、どこかにあるその残像を感じ取ってしまうのだろう。

けれど、紅にとってこの体質は、決して喜ばしいものではなかった。

望んでもいないのに、視たくもないのに、ふいに他人の「色」が視えてしまう。

友人の母親がつけていた、夫ではない人に贈られた髪飾りの若草色《わかくさ》。賞の栄誉に浴した絵画が、無名の絵から模倣した少女の微笑――その口紅の珊瑚《さんご》色。

なにもわからなかった紅は、しばしばそれを口にして禍《わざわい》を招いてしまった。

穏やかに微笑む友人の母に、誰もいない石段で背中を押されたこと。

喜びの絶頂にあったはずの若い絵描きが、亡霊のような顔で紅の部屋の外に立ったこと。

紅は成長とともにその意味を理解し、罪深さに震えた夜がいくつもあった。

恐ろしいものは、自分が視てしまった景色なのか。それとも、それを暴いた無邪気さか。

とにかく、人を容易に鬼に変えてしまうなにかを、自分は持ってしまっていると気づきはじめた。

そこに確かな「基準」はなかった。大事なものほど視えないことだってある。ささいな「思い出」が車窓からの眺めのように延々と押し寄せてくることも。

紅自身も、それは窓の外のこととして平気で受け流せるときがあった。逆に、たった一枚のフィルムに立ち直れないほどの衝撃を受けてしまう日さえ。抑制の効かないこの唐突な上映劇は、年齢を重ねて行動範囲が広がるにつれ、回数も増えていくようだった。

「他人の思い出なんて視たくないのに……。知らないほうがいいことって、いっぱいありますよね？　だから、私はもうつらくなって……」

やがて紅は瞼を閉ざした。街に出られなくなってしまった。

「そんなことが――」

大江は紅の眼前で、言葉を失っている。とうてい信じることなどできないのだろう。当然の反応だった。

母の死後、父だけは心配させまいとどうにか女学校には通ったが、見知らぬ他人と否《いや》が応《おう》でも触れてしまう雑踏だけは我慢ならなかった。

父の背中に追いつきたくて、必死に打ち込んでいたはずの西洋絵画も、才能のなさを自覚していつしか尻切れとんぼになっていた。自分がどこにいるのか、わからなくなった。

「だけどあるとき、月が見えたんです……」

人を避け、俯いて歩いた夜。ふと顔を上げると薄雲の向こうに月があった。それはまるで淡く光を透かす障子紙だった。そこで、紅はふいに思い出したのだ。

降り積もった記憶の底で、眠っていた宝物のことを。

あの、神様の井戸の青を持つお菓子を。

だから紅は京都に来た。


話が終わってから、大江は難しそうに目を閉じて腕組みし、なにかをずっと考えているようだった。不安になった紅がじっと脂汗を流して見入る中、ようやく口を開いた。

「確かに、誰も信じないような話だね。そこに宿った景色が視えるだなんて――」

「はい、そうですよね……」

「だからこそ、俺を信じて話してくれてありがとう」

「……先生……」

とうてい受け入れられない話だと思うが、大江は根っから否定するようなことは言わなかった。むしろ、紅の孤独を慈《いつく》しむような笑みを浮かべて話す。

「きみの事情はわかったよ。……いや、わかりきれてはいないけれど、ふしぎなことは世の中にたくさんあると思うよ。人と人との縁みたいにさ」

「……はい……」

この優しい人に話してよかった。紅は心からそう思い、安堵《あんど》で脱力してしまった。

いっぽう大江は、身長に比して華奢《きゃしゃ》な白い指で顎を掻《か》いている。

「じゃあ、そこでだ。きみがこの紙に視たものは――」

「あ……夏の空と海。それと青い花畑です」

紅は再度紙に触れながらそう伝えたが、もうあの景色は立ち現れなかった。

一度視えたものが、次に視えた経験はいままでにもない。

「だけど、そこは奥様が行った場所とは限らないんです。この紙をくれた人、もしくは作った人が見たものかもしれません」

「そんな場合もあるのかい？　この紙が作られたときの光景が視えるなんてことも？」

「ええ、とにかく『誰か』が視たものとしか……。印象的な場面ばかりでなくて、なにげない断片みたいな景色だったりもして。その中に人が視えていれば、少しは絞られるかもしれませんが――あ、そうだ」

記憶のフィルムを覗き込んでいると、新しいことに気がついた。

「遠くで、屈んで花を摘んでいる人の背中が視えました。性別も年齢もよくわからないけど、黄色っぽい着物を着ていました」

「黄色い着物かぁ。まぁ、よくいるっちゃあいるよね……」

「もしかして――」と紅はつけたした。

「祝言で視たきれいな景色と、これは同じ場所のような気がするんです。うまく言えないんですけど……雲の感じと、風景の色味が一致するような……。少なくとも、どちらも真夏の海辺です」

「海だって？」

大江が、意外なほど頓狂な声を発した。

「待ってくれ。祝言で視た景色っていうのは、なんのことだい？」

そうだった。このことを、まだ大江には言っていなかったのだ。

「海辺の景色です。宴席の椀に触れたとき視えたんです。小学生くらいの男の子と女の子が、晴れた海辺にいて。洋装の奥様と、その隣にいたのはもちろん――」

言葉の途中で、いやな予感がして紅は言うのをやめた。大江が「え？」という戸惑いを露骨に表したからだ。こういうとき、大変にまずい結末が待っていることを、紅はいやというほど経験していた。

「あ、いえ、その……」

落ち着いてよく考えれば、あのとき紅が視たのは水面に映った少女の顔だけだ。少年のほうは――当然花婿の大江だと思っていただけで、その顔をはっきりとらえたわけではない。

気まずい沈黙が流れる。それを破ったのは、「俺たちが出会ったのはどちらも十五のときなんだ……」という大江の沈んだ声だった。

「それに二人で行った水辺なんて、東京の神田川《かんだがわ》か京都の鴨川《かもがわ》ぐらいなものさ。俺は海自体行ったことがないし、早くに独立したから、いつも忙しくしていてゆっくり出かけることもなかった……」

「も、申し訳ありません!!」

紅は土下座する勢いで叫んだ。

「きききっと、私の勘違いです！　変なことを言ってしまって本当にすみません！　さっきのことは忘れてください」

そう言われて、本当に忘れてしまえる人間がどれだけいるだろうか？　紅は後悔に苛《さいな》まれながら謝罪し続けた。

またやってしまった！　これまで、この体質と不注意のせいでどれだけの人間関係と和やかな空気を破壊し尽くし灰燼《かいじん》に帰《き》してきたことか。このことについては細心の注意を払おうと誓っていたのに、大江が優しく話を聞いてくれるものだから、ついつい口が滑ってしまった。

それに……今回の失言は最大級に取り返しがつかないものではないか。

大江の妻は二度とこの世に戻らないのに。大江は、これから一生この重荷を背負って生きていくことになる。人を傷つけるばかりではない。美しい思い出にまで泥を塗るしかない自分が、心底いやになってしまう。

「いいんだ。きみが謝ることじゃない」

大江は、見るからに無理をしているような笑顔を向けてきた。

「俺は海を知らないものだから……ちょっと驚いただけだよ」

「いえ、あの――！」

なおも謝罪しようとする紅を大江は手で制し、「ちょっと、来てくれるかな」とゆっくり立ち上がった。

階段を下り、台所の勝手口から出た先にあったものは、古い蔵だった。星空のもと、白い漆《しっ》喰《くい》の壁がぼんやりと浮き上がって見える。大江はいかめしい錠前を開けて紅を中に手招くと、すぐ内側の飾り棚に置いてある洋灯を点けた。今回は、燐寸箱はすぐその横にあった。

「わぁ……」

照らし出された光景に、紅は落ち込んでいた心が少しだけ華やぐのを感じた。

まるで博覧会場のように、壁面には数々の絵画が展示されている。一瞥《いちべつ》したかぎり、風景を描いた明るい油彩画が多いようだった。森でさえずる小鳥、雪解けの街並み、そしてさまざまな雲の絵。

頼りない灯りに揺れながら、どれもふしぎなほどの透明感を放っている。絵を収蔵しているのだろう、着物用の桐箪笥《きりだんす》も置いてあった。

「妻の絵だよ。どれもきれいだろう？　俺が言うのもなんだけど、風景画家として年々評価が上がってきているんだ」

誇らしげにそう伝えた大江だが、徐々に声の調子が落ちていってしまう。

「俺は全部の絵が好きで……妻の一部のように思っていたのにな。生活のために何枚か売ってしまったんだ。情けないよねぇ、この体を無駄に生き永らえさせるためだけに、命より大事なものを手放し続けるだなんて」

大江は自虐の笑みを浮かべる。紅がなにも言えないでいると、慣れた手つきで箪笥の最下段を開ける。やがて中から取り出されたのは、壁のどの絵とも違った趣の青い絵だった。

例の海辺の景色だ。紅はそう直感したけれど、それより先に漏れたのは、「きれい……」というため息だった。

「なのに、未完成なんですか……？」

「きみもやっぱりそう思う？」

それは抜けるような青空と海辺の水彩画だった。大江の胸に収まるほどの大きさで、雲と砂浜はなにも塗らずに白を表現している。そこに、藍染の着物と黄色い風呂敷包みを持った少年が一人立って、紅の目をしっかり見ている。その笑顔は、どこか歳《とし》に似合わない。白抜きの顔に薄紅《うすべに》の唇、そして薄い青色の瞳が秘密めいているような気もした。

絵自体にはなにも問題がなく、描き足すところもなさそうにも思える。それなのになぜ未完成と思ったのかというと、板に水張りされた状態のままだったからだ。

「私もあまり詳しくないですけど、父にひととおり教わったことはあります。水彩画は描くときの水分で絵がたわんでしまわないように、あらかじめ画紙を水で湿らせて板に張りつけ、乾かしておくんです。そして、描き終わったあとにまた乾かして板から外すんですが――」

「この絵は外されていない。そういうことだよね？」

「ええ……」

だが、その理由までは紅にもわからない。単純に、たまたま水彩に挑戦したものの、気に入らなくてそのまま放っておかれたものかもしれない。それとも、白抜きの部分になにか描こうと思って忘れられたのだろうか?

「妻は、死の間際にも絵を完成させていた。一度やりはじめたら、途中で投げ出すことはしない性分だったんだ。未完成に見えるものは、これだけなんだよな……」

大江が苦笑しながら、絵の一隅を指さす。だいぶ薄くなってはいるが、鉛筆書きで、「八月十日　あの人と」という字が読めた。

「………!?」

紅は、穴が開くほど少年を凝視した。

こんな絵に残すということは、よほど大事な人ということになるではないか。だけど、その顔は大江に似ても似つかない。垂れ目気味でいかにも柔和に見える大江とは違い、彼はぱっちりとした大きな目を持っている。なにより、瞳の色が違う。

血の気を失う紅を尻目に、大江が独白のように言う。

「彼女が本当はこの人を思っていたかもなんてことは、いまさら詮索しないし、どうだっていいことだ。なにがあっても、俺の気持ちは変わることはないだろう。だけど」

洋灯の光が絵から離れ、青は黒い影に覆われる。大江が一度洋灯を床に置き、絵をしまうために屈み込んだからだ。桐の抽斗を音もなく閉めながら、大江は力なくこう話した。

「彼女は本当に……青が好きだった。その中の一つの風景には、こんな美しい思い出も挟まっていたのかななんて、ふっと思うことがあるんだよ。俺には、どうしようもないことなんだけどね」

「待って……！」

紅はとっさに大江の手をつかみ、抽斗が完全に閉ざされる前に止めた。

「もう一度、絵をよく見せてください」

「え？」

再び取り出された水彩画を、紅は見つめる。どこかで、同じ色を見たような気がする。紙いっぱいに溢れる青だけではない——。

「黄色だ……」

そっと呟いた。大江が「黄色？」と訊き返す。

「ええ。男の子が持っている風呂敷です。この少し緑《みどり》がかった黄色……そうだ」

今日道案内してくれた青年の、帽子。あれと同じ色合いだと思う。あの帽子に触れた瞬間、紅は山あいにそよぐ眩しい薄野原《すすきのはら》を幻視した。そして、青い花を摘んでいた誰かの着物も同じような黄色だ。もしかして、それらはあの植物で染められた——同じ産地のものでは？

それを伝えると、大江は今度こそ絵をしまいながら苦笑した。

「俺は絵画のことはわからないけど、色味なんて現実とかけ離れることはあるだろう？　その人の帽子とこの風呂敷と、さらに青い花畑にいた人の着物の染料まで同じだなんて、ちょっとありえない気がするけどなぁ」

「けど、もし手がかりにでもなれば、男の子のこともなにかわかるかも――」

大江は母屋へ戻りながら、ゆっくりと首を振った。

「いいんだよ、本当に。いまさら相手のことを知ってなんになる？　どんな結果になってもむなしいだけだろう？」

「でも、奥様のことを――絵に込められた思いを、知りたくはありませんか？」

わずかな願いにすがるように紅は絞り出したが、大江は悲しげな微笑を浮かべたままだ。

「人の心には、知らなくていいことがある。きみも言っていたよね。そのとおりのことじゃないか」

「それは――」

なにも言えなくなった紅をいざなうように、大江は蔵から出た。


そのまま無言で歩いた先は、台所に隣接する菓子工房だ。作業台といくつかの什器《じゅうき》だけの、店同様にがらんとしたそこの電気を点けると、大江は大きな冷蔵庫を開けた。

木製のその上段には氷が入っていて、下の食品を冷やす仕組みだ。もちろん氷は毎日買って補充しなければならない。紅は、閉めているはずのこの店の冷蔵庫が生きていることを、少し意外に思った。

「近所に頑固な常連さんがいてねぇ。うちの和菓子でないと仏壇に供えたくないなんて言うんだ。だから正確には、うちは閉店じゃなくて受注生産制ってやつだ。売上一日十銭だけのね」

大江がまた苦笑いしたが、それはさきほどまでとは違い、少し体温を感じるものだった。

「それも、『夏やからって寒々しいお菓子は絶対にいやや』、なんて言うんだ。カンカンに暑かろうがあたたかそうな和菓子を作ってくれなんて言ってね。和菓子屋は季節感をとても大事にするってのに、参ったよ」

「そうなんですか？」

「あぁ、だからいまの京都で毎日そんなことしているのは俺くらいだよ」

菓子作りへの信念もなくてさ――そう言って大江が取り出したのは、向日葵《ひまわり》をかたどった上生菓子だった。練切《ねりきり》あんの鮮やかな黄色い花弁が、一つ一つ立体的にていねいに作られ、中央に丸く配されたこしあんの上には芥子《けし》の実が散らされている。真夏の眩しい日差しが、本当にここへ降り注いでいるような気がした。

「すごい……」

「菓銘は『日輪草《にちりんそう》』、ってところかな。向日葵の別名さ。まぁ、あの人そんな細かいことまでは気にしないんだけどね。いつも一つだけだとかえって手間だからいくつか作るんだ。せっかく来てくれたんだから、最後に食べてくれないかな。これしかなくて悪いけどね」

「あ、ありがとうございます……」

紅は大江の意図がわからず、もごもごとお礼を言ったまま立ち尽くしてしまった。大江はさっさと台所に向かい、紅のため茶碗に水を汲《く》んで戻ってきた。

作り手に見られながらなので少し緊張するが、紅はしっかりいただきますと言って向日葵の花弁を口にした。

練切あんはたしか、白あんと砂糖、求肥《ぎゅうひ》などのつなぎを混ぜたものに色をつけたものだったと思う。優しい甘さとなめらかな舌触りに、紅の口元はすぐほころんだ。

「やっぱり、おいしい！」

「ありがと」

紅の食べっぷりに感心したものか、大江はふふっと笑っている。

「ずいぶんいい反応をして食べてくれるんだねぇ」

「あっ、すみません、つい……」

「いいんだよ。妻にもそんなところがあったから、懐かしくなってね」

一瞬、風が通り抜けるような間が空いた。

「ところでそれ、花の色。梔子《くちなし》の黄色だよ。お菓子だけでなく染色でも使うだろう？」

「あぁ……」

それを言いたかったのか。確かに、布を黄色く染めようと思えば、ほかにいくらでも手段はあるのだ。

「だから刈安《かりやす》とは限らないと思うんだけどな」

「……え？　いま、なんて？」

大口を開けて残りを頬張ろうとしていた紅は、ふいに出てきた聞き慣れない単語に静止してしまった。

大江はふしぎそうな顔で紅を眺めている。

「だから、刈安って植物。きみが視た薄《すすき》ってのはそれだろ？　よく似ているんだよ。ほかの地方は知らないけど、畿内《きない》で黄色く染める材料といえば、伊吹山《いぶきやま》の刈安が有名だよ」

当然のことのように話す大江に、紅は目を白黒させた。

「すみません……あの、伊吹山っていうのは……？」

「あぁ、近江《おうみ》だよ。正確には、滋賀《しが》県と岐阜《ぎふ》県にまたがる山。そこがよく日が当たるとかでいい黄色が出るらしく、刈安の産地なんだ。少なくとも、今日会った人の帽子はそこのもので染められたんじゃないかな」

「近江の、刈安……」

「だけど、黄色なんて世の中に溢れているだろう。最近は輸入の化学染料も増えているし、関西人だからってなんでも伊吹山の刈安を使うわけじゃない」

実家の近くに染色工房があるので、紅も少しは知っている。染料なんてそれこそ草木の数ほどあると思う。団栗のかさが黄褐色《おうかっしょく》の橡《つるばみ》色になるということで、紅は秋になると、それをせっせと集めておやつと交換してもらったものだ。

紅がまだ考え込んでいると、大江はもうその話は終わりだというふうに、茶碗などを片づけはじめた。

「俺は、伊吹山の刈安の刈り取りをさせられていたことがあってね。もう十何年も前のことさ。あまりいい思い出はないんだよ」

紅は続きが気になって立ち上がりかねていた。そのまま、天井へ手を伸ばして電灯を消そうとしていた大江だが、紅と目が合ってしまうと軽くため息をついて腰かけた。

「面白くもなんともないことだよ。むしろ、忘れてしまいたいくらいだ」

二

小学二年のときに工場の事故で両親を亡くした大江は、一時期親戚の家をたらい回しにされていた。体が弱く、力仕事はさせられないと、どこの預け先でも露骨に厄介そうな顔をされたのを覚えているという。

唯一得意だったのは工作で、籠作りの竹ひごがあれば、籠のついでに飛行船や虫の模型など簡単に作ってしまえたので、子供たちからは羨望《せんぼう》の的だった。

信州《しんしゅう》に預けられていたときは、自作の虫籠を持って野山に行くことができた。大江が独りで探していたのは蝶《ちょう》だ。沢辺でふいに見かけた烏揚羽《からすあげは》の青い紋様を、自分のものにしてみたかったのだ。色褪《あ》せた毎日のなかで、それだけがふしぎに浮き上がって見え、夢中になった。

けれど、どこか違う世へと誘《さそ》うようなあの燐光《りんこう》に再び出会う前に、季節は移り、大江は別の家へ引っ越すことになった。

その家こそが、近江の農家だった。秋になると稲刈りのほかに、伊吹山の刈安を収穫して染色家に引き渡さなければならない。猫の手も借りたいほど忙しいので、ひ弱な大江でもいないよりはましと思われたらしい。

「そこの家では本当にひどい目にあったよ。力仕事を散々《さんざん》させられて、寝るのも食事も納屋だった。みんなが食べていた魚も鴨《かも》も、もらえたことなんて一度もなかったな」

大江はふっと吐息を漏らし、微笑した。

「学校も通えなかったけれど、そこの家の子たちはみんな行っていた。夏休みも本当に楽しそうにしていてね、二泊三日の水練授業なんてのがあるっていうんだ」

「そんな、ひどい……」

「まぁねぇ。羨《うらや》ましかったし、悲しかったなぁ。だから、その子たちが出発した日――」

大江は体調が悪いと言って、畑に出ず家で仕事をしていた。そして、誰もいなくなったころあいを見計らって、最小限の荷物だけを持ってそこから逃げ出したのだった。

「それで、そのあとは――」

紅が息を呑《の》むと、大江はちょっと顔をしかめて首を振った。

「当然、行く場所なんてないよ。一日さまよって、誰か親切な人に助けられて車で帰してもらったんだったかかな。当然怒られるかと思ったけど、それはなかった。……それどころじゃなかったんだ」

大江が留守にしたあいだ、古い農家は火事になっていた。

幸い、近所の人たちが駆けつけて小火《ぼや》で済んだらしいが、台所まわりはひどいありさまだった。朝食に魚を焼いた七輪の残り火を、猫が倒したのだろうということだ。たった半日で変貌してしまった家と、泣きわめく家人を目の当たりにして、大江の膝は震えた。

「俺が出ていくとき、きちんと火の始末をしておけばよかった……けれど、俺はみんなが魚を食べたかどうかなんて、知らなかったんだ」

「先生はなにも悪くないですよ。悪いのは――」

いきり立つ紅を、大江はそっと制するように言った。

「いいんだよ。確かに単純な不注意だったんだろう。だけど、俺は……」

悲しみに歪む紅の顔を、大江は見ていない。紅を飛び越えて、はるか昔の遠い場所を眺めているようですらあった。

もう消えたはずの火は、大江の小さな心を苛《さいな》んだ。夜中に何度も、火事を起こす夢を見て汗だくで目覚める日が続いた。飛び去る青い蝶とは反対に、赤い火は大江を内側から確かに灼《や》いていった。

「私も――」

紅はなにごとか言いかけて、やはりやめた。紅の中にも暗く赤が燃えている。だけど、それは大江の赤とはきっとまったく別のものなのだ。

「そんなときだったよ」

大江は紅の呟きが耳に入らなかったようで、思い出話を続ける。

秋を迎え、東京から珍しい客人が現れたのだった。

「刈安の染料を絵画に応用できないかと、調査のためにきみのお父さん、藤宮恭太郎先生がやってきてね――」

大江の第二の人生は、確かにここから始まった。

たまたま、藤宮は大江が作った竹ひご細工に目を留めた。烏揚羽が大蟷螂《おおかまきり》の斧《おの》に絡めとられ、いままさに食べられる寸前の模型だった。

将来私の学校に来ないかと、穏やかな目をした学者は言った。だが大江は即座に断った。自立したい、いますぐに。そのためには金が必要だから、どこでも働きたいと。

工芸が好きなのかいと、藤宮は問うた。

大江は今度は少しだけ考えて、『いいえ』と言った。

『ものを作るのはいやじゃないけれど、本当は蝶が好きなんです。蝶のふしぎな青色が……』

藤宮は頷き、どういう手はずを整えたものか、調査が終わると大江を東京に連れていってくれた。そこで近江との縁は完全に切れ、次に連れられたのは日本橋の和菓子屋、「升屋」だった。

その店で大江は、最新式の硝子《ガラス》のショーケースに並ぶ、色とりどりの和菓子を見た。繊細に作り込まれた、季節の風景の数々。黄金の稲穂に止まる赤蜻蛉《あかとんぼ》。秋空の下でたわわに実った山葡萄《ぶどう》。羊羹《ようかん》の空に浮かぶ、欠けることのない栗の月。

「それらは、俺の中に眠る『色』への欲求を掻き立てるには十分だったよ」

大江は、藤宮に促されるより前に、仏頂面の店主に深々と頭を下げた。


——ここで奉公させてください。

明治の世が終わろうとするころだった。

三

星空へ向けて開け放した窓からは、ようやく涼しくなった風と、どこかで弾《ひ》かれる三味線の音が入ってくる。

寝つけない紅は、二階の窓から異郷の街を眺めていた。すぐ真上に吊り下げられた風鈴が、ときおり澄んだ音《ね》で夜を区切る。

「青い花……かぁ」

紅はずっと、幻影の青について考えている。

明日にはもとの家に戻って奉公先を探さなければならないのに、自分はなにをやっているのだろうとは思うけれど。

東京に戻れば、もう大江と会うこともない。きっと日常のあわいに、あの穏やかな面影は再び沈んでいくのだろう。

自分は美しいお菓子とは縁がなかった。それだけのことだ。だったらそれなりの生き方をまた探せばいい。たいしたことではない。

大江の言うとおり、東京にはどんなお菓子屋だってあるのだ。それどころか、ありとあらゆる店と仕事が集まっているではないか。

「だけど……」

紅は急《せ》いている。焦っているといってもいい。

八年前のお菓子に、紅の心は奪われた。そしてさきほど食べた向日葵の練切も同じく——むしろそれ以上に輝いて見えた。

ゆえに、紅は告げたのだ。片づけのため去っていく大江の背中に。

「先生、また作りませんか？　先生はこんなにきれいでおいしいお菓子を作れるんですから。だから――」

だが、本心からのその言葉は、台所に入ってしまった彼には届かなかった。歪んだすり硝子の向こうから、淡々とした声が響いた。

「いくら小手先でごまかせても、もう俺の心は枯れてしまったんだよ。なにを作っても、どんな色を咲かせても、なんだか偽りのような気がする」

――偽り。

祭りで浮き立っていた夜景は、まどろむように鎮まっていく。それでも、紅の瞳には赤い提灯の光だけが焼きついてしまう。

その色が、ふいにじんわりと滲《にじ》んだ。

「私も偽ってばかりだ……」

紅が、京都に来たもう一つの理由。東京を捨てようとしたこと。それを思うと、大江に対しても小さな罪悪感が芽生える。


紅は、自分の名前の色が好きではなかった。

べつに忌避しているほどではない。そうするには、世の中に赤は多すぎる。単純にちょっと苦手という程度だ。だけどその反動か、紅は青いものに惹《ひ》かれ続けてきた。あの青い観世水紋の有平糖は、そんな紅の前に現れた宝石に等しかった。

すべての色を愛せない自分が、四季折々の和菓子など本当に作れるはずがないと、どこかでわかっていた。それでもあの美しい色が忘れられなくて、踏み出しさえすればなにかが変わるかもしれないと思いたくて、紅はここまでやってきた。だけど。

「海辺の思い出を持っていないのなら、どうして先生はあのお菓子を作ったんだろう……」

本来、祝いごとにはあまり向いていないとされる、水が「流れる」意匠。親戚から苦言も出ただろうに、なぜあえてそれを選んだのか。

青い蝶に魅せられた少年。炎の夢に怯えた日々。

そして青い水彩画と、青い無言の手紙を遺して逝った妻。

生と死とに分かたれた、二人を結ぶ渦の紋様。

まどろみに吸い込まれそうになり、紅はハッと顔を上げた。

「だけど、私は――」

ここに来た。それだけは偽りにしたくない。

せめて、夏をいっぱいに包んだあの向日葵のお返しだけでも――なにかしなくては。

そして紅は夢を見た。森の中の深い流れに泳ぐ、一尾の鮎の姿を。

鮎は、濃い青の折り紙でできている。この紙についてのこと、どこかで聞かなかっただろうかと、紅は意識の深みを探るが、やわらかな泥を舞い上げるだけだ。それはやがて紅を覆い尽くし、夜の闇と混じり合っていった。

四

次の朝早く、紅が足音を忍ばせて一階に下りると、大江の姿はなかった。すでに起き出している気配はあったから、ちょっと外に用事でもあるのかもしれない。いまのうちにと、紅はそっと家を抜け出した。文机には、「もう一日だけここに泊めてください。少し出かけてきます」と書いた文《ふみ》を置いてきていた。

「日が――」

外に出た紅の目を射たものは、空を割る日の出だった。一日のはじまりの色さえ、京都は濃いのだと思う。

濃紺から東雲《しののめ》色に移り変わる山際を目指し、紅はしんと涼しくなった古い街を歩いた。それでも朝日が照らす頬は、確実に温度を感じはじめている。今日も暑くなりそうだ。

「ねぇ、ちょっと……！」

突然、背後から声がした。ぼんやりしていたので気づくのが遅れた。と同時に、背後から強く腕をつかまれる。

そのとき、まばゆい昼間の光が紅の視界を覆った。

紅は、どこかのささやかな庭先に立っている。

──違う。これはまたいつもの──。

青葉の下、たくさんの洗濯物を、白い割烹着《かっぽうぎ》姿の若い女性が洗い張りしている。狭い庭木の間に何枚もの板を置き、一心に反物の皺《しわ》を伸ばすその表情を、紅は確かに視た。


「紅さん！」

ふっと視界がもとに戻った。振り向いた格好の紅を正面から見据えていたのは、息を切らした大江だ。

「先生、どうして……」

「そこのお社にお参りしていたらきみを見かけたんだよ。きみこそどうしたんだ、こんな朝早くに」

「すみません、もう一日だけいていいですか？　出かけたいところがありまして」

「出かけるって、いったいどこにだい？」

「ちょっと……」

もごもごと言い淀む紅に、大江は深いため息をつく。

「もしかして、昨日の絵に関することじゃないだろうね？　あの話は終わっているんだ。きみにはなんの関係もないだろう？」

「……でも」

紅は決意して顔を上げた。

「やっぱりあの黄色が気になるんです。なにかわかるかもしれないと思って……伊吹山に行ってみます」

「そんなところに行ったって、なにもわかるわけがないだろう」

大江は呆れたように言い、紅の腕を離した。

「しかも、徒歩で行く気かい？　青山から横浜《よこはま》に行くのとはわけが違うんだよ？」

「大丈夫です。歩くのは慣れていますから」

「そういう問題じゃないよ。きみには関係がないことなんだから、なにもしなくていいんだ」

紅の胸に、「関係がない」という言葉が突き刺さる。

「そりゃ、私は部外者ですけど、なにかできることがあればと思って――」

「本当にいいんだ。ほっといてくれよ」

まるで捨て鉢のような、苛立《いらだ》ちまぎれの声に、紅は立ち止まった。

「大江先生のお菓子が、私に違う世界を見せてくれた……そう思っていたんです」

「買いかぶりだよ」

大江の声は冷えたままだった。

「俺にそんな力なんてない。いや——誰にだってないよ。他人が自分を変えてくれるだなんて、思わないほうがいい。それはただの幻想なんだから」

とっさに反論しようと口を開きかけた紅だが、ふと黙ってしまった。

この人は、ここにいるようで、いないのだ。

その心はどこか遠くへ行ってしまっている。それは誰にも動かせないし、動きようがない。

そして、ここまでこの人を変えてしまったものは——。

紅の沈黙をどうとらえたものか、大江はさっさと歩いていく。だが、それは店の方向とは真反対だ。気まずくてなにも切り出せない紅を尻目に彼が先導したのは、昨日着いたばかりの京都駅だった。

このままだと東京に帰される！

そう思った紅は、とっさに踵《きびす》を返して逃亡しようとした。

だが、その動きはとうに予見されていたらしく、後ろから襟首をガッチリとつかまれる。

「きゃあっ！」

「まったく、きみは本当におてんばだなぁ。うちにも一人おてんばがいたから、なんとなくわかるよ」

「え、それは――」

亡くなった妻のことだろうか。訊く隙も与えず、まだ人影の少ない駅構内を指さしながら大江は話した。

「伊吹山のほうへは、北陸《ほくりく》本線で長浜《ながはま》に行くのが手っ取り早いよ。路銀のことは気にしなくていいから。けれど、伊吹山に登頂しようだなんて思わないでくれよ。近江で一番高い山なんだから」

「先生……?」

淡々とした様子で切符を買ってきた大江の手には、長浜行きの切符が二枚握られていた。

「きみの気が済むなら、行けばいい。でも、なにかあったら藤宮先生に顔向けできないだろう? 俺も一緒に行くよ」

「ほ、本当ですか?」

思わず声を上ずらせる紅に向かい、釘《くぎ》を刺すように大江は言った。

「べつに、なにかの感傷に動かされているわけじゃないよ。こんなことできみの気が晴れて、快く東京に戻れるならね」

乗降場《ホーム》に向かう階段を上りながら、大江が諦め半分の口調で話す。

「あとね、昨日から思っていたけど、『先生』っていうのはやめてくれないかな。俺はきみの師匠でもなんでもないんだから」

そう言われたものの、なんと返事をしたものか紅が考えていると、乗降場に入線してきた始発の蒸気機関車が汽笛を鳴らした。


伊吹山に近い長浜駅に至るまでは、琵琶湖《びわこ》の東岸に沿って二十五里——百キロほどの道のりらしい。鉄道なら三時間かからないが、徒歩で行けば大江の言うとおりに無謀だっただろう。

「昔の俺だって、さすがに県境を越えようとまでは思わなかったよ」

四人がけの席に斜め向かいで座り、弁当売りから窓越しに買った笹の葉の包みを手渡しながら、大江がふっと苦笑した。中には、紫蘇《しそ》の葉でくるんだ俵型のおにぎりが二つと、鮮やかなしば漬けが入っている。

さっそくおにぎりを頬張ろうとしていた紅は、思い直して問う。

「『昔』って、預かり先の家を出たときですよね。歩いてどこまで行けたんですか？」

「どこだったかなぁ。とりあえず中山道《なかせんどう》に出て、田んぼ道を進んで——いくつか街を通ったはずなんだけど、なにも覚えていないな。今日みたいによく晴れた夏の朝だったってことくらいかな」

紅は中山道を直接通ったことはないが、授業では習った。東京から長野《ながの》や滋賀を経由して京都まで向かう街道だった——と思う。滋賀県内では琵琶湖東岸を通る道筋なので、いま二人が乗っている路線とほぼ同じだ。

「……本当は、二度とこっちに来るつもりはなかった」

しばらく、汽車が線路を行く単調な音ばかりが響いていた。ほかに客のいない三等車の窓硝子は、いつしか古都の街並みではなく青々とした田畑と山を見せている。逢坂《おうさか》の関とはこのあたりなのだろうか。大津《おおつ》で再び賑わいが戻ったが、それもすぐに真夏の緑に塗りつぶされていく。長い間車窓をぼんやり眺めていた大江が、ぽつりと口を開いた。

「俺は近江につらい思い出があったから、あれから一度も滋賀県境を跨《また》いでいない。妻もだよ。俺の経歴を知っていたからね。まぁそんなことがなくても、小旅行に行けるほど余裕もなかったわけだけど」

言いながら、紅をふいに見て苦笑する。大江はよくそうやって笑うが、八の字に下がった眉と目尻に妙な愛嬌《あいきょう》がある。きっとこれまでも、彼はこのやわらかな表情《かお》でいろいろなことを受け流してきたのだろうと思わせた。

「昨日までは、誰かと汽車に乗っている想像すらできなかったのに。人生ってのはなにがあるかわからないな」

「私も――いえ、私は意外じゃないかもしれません。もちろん具体的な予想なんてできませんでしたけど」

「どういうこと？」

ふしぎそうな大江に、紅は照れるように微笑んだ。

「東京を発つとき、私は『色を探す旅』に出るような気がしていたんです。京都の色と、あの祝い菓子の青。そこに私は向かっていくんだと思っていたから」

だからこれはさながら、青を探す旅ということになる。不本意なのに巻き込むかたちになった大江には悪かったが。

紅は、キャンバスに色を創ることを諦めた。自分は父のようには――誰かのようにはなれないと知っていた。それでも、まだ「なにか」への憧れの灯《ひ》は消えておらず、昔見た美しい色への思いが募っていった。きっとこの衝動は、自分の奇妙な体質とは無関係ではないと勘づいていたけれど。

「きみは面白い人だなぁ」

窓辺に肘をついた大江が感慨深そうに言った。

「そういえば、昔妻が言っていたよ。『青はつかめない』ってね」

「青は……つかめない？」

「そう。海も空もすぐ目の前にあるのに、手を伸ばしてもその色そのものは取り出せない。青は誰のものにもならない。妻が愛したのは、そんな自由さだったような気もするよ」

「自由……いいですね……」

それは、紅が世界と絵画に対して抱いたもどかしさとよく似ていた。けれど、彼女はそれゆえに青を受け入れていたという。紅は人生でただ一度すれ違っただけのあの明朗そうな女性に、もう一度会いたかったと思ってしまった。

いいや、紅は会ったのだ、彼女に。

「綾子は——妻は、幸せにならないといけなかったのに——」

抑制の効いた声が、紅の意識を客車へと引き戻した。

「彼女はね、なんでも後白河法皇《ごしらかわほうおう》に検非違使《けびいし》に抜擢《ばってき》されたという、士族の名家の娘なんだ。『ちゃんとした人と結婚して家を継ぐ』という約束で絵画をやらせてもらっていたのに、連れてきた相手がこんなやつだから、ご両親は怒って……勘当みたいなものかな。藤宮先生の説得でしぶしぶ婚姻は認めてくれたけれど、祝言には来なかった。そのうえ、本当はもっと絵を描きたかっただろうに……俺の夢も大事だなんて言って、店の経営でも苦労をかけっぱなしで……」

大江が珍しく語尾を濁した。あの清らかな結婚式にそんな事情があったとは、幼い紅はまったく気がつかなかった。花婿は、どういう気持ちで水の和菓子を作っていたのだろうか。

「……その藍染めの作務衣、奥様が洗ってくれていたんですね」

伏し目がちになっていた大江に、紅はそっと話しかけた。かつては濃紺《のうこん》に染められていたであろうその色は、露草《つゆくさ》色と呼べるほどに褪せてしまっている。

藍染めの着物は、日本でもっともありふれていると言ってもいい。藍という植物は身近だし、染めやすい。最近は化学染料も増えてきたけれど、紅にとっても草花由来の色のほうが落ち着く。

「この作務衣に触れたとき、静閑堂の庭先で、洗濯物を干している奥様の姿を視ました」

紅がそう告げると、大江の瞳に小さな彩りが生まれた。

「……確かに、そうだ。洗濯物はいつもあそこに――」

突然射し込んだ細い光にすがるかのように、大江は紅の隣に座った。急《せ》くように両肩へ手を置く。

「綾子は、どんな様子だった？　どんな表情《かお》をしていた？　それはいつごろのことだったんだろう……」

残念ながら、紅はすべての問いに答えることはできない。紅に視えるのは過去のいつかを一方向から写したフィルムだけなのだから。

だけどただ一つだけ、言えることがあるとすれば――。

「……え――」

口を開きかけた紅だったが、用意した言葉すら告げることはできなかった。

呆然と前を見つめる。視界の真ん中には大江がいるが、焦点はそこにない。

紅の様子に気づいた大江も、手を離して緩慢に振り返る。そこには窓があった。

「これは——」

二人は息を呑み、その光景を眺める。


青。


一面の青が咲いていた。

どこまでも広がる花畑。背の高い緑の茎と葉の中に隙間なく、小ぶりな青い花弁がいっぱいに開いている。

それは幻想に垣間見た色とも少し違う気がした。正確には、同じだけど同じではない。

どんな青とも違っていて、はっきりと濃いのにどこか澄んでいる。こちらに迫ってきそうなほどに立体的で、みずみずしい生命を感じさせた。

紅が言葉を紡ぐのを待たず、大江も瞬時にこれがなんなのか理解したようだった。

「きみが視た花は、これだったんじゃ……？」という確認のような問いに、紅は外へ視線を奪われたまま頷く。

「先生、ここは——」

列車は減速を始めている。永遠に続くような気がした花畑は家々に掻き消され、あっけなく幻灯が途切れたような余韻ばかりが残った。

もう呼ぶなと言ったはずの「先生」を使われたことにも気づかず、大江は周囲に忙《せわ》しなく目を向け、やがて焦れたように古い懐中時計を取り出した。

「たぶん、滋賀県の……草津《くさつ》のあたりだ。もちろん、きみ——」

降りるだろう？　と問われなくとも、紅の返事はすでに決まっていた。

伊吹山にはまだ遠かった。けれど、探していた色の断片はきっとここにある。喪ってしまった人からの、青い手紙に書かれたなにかが。


こぢんまりとした木造駅舎に、行き交う人はまばらだった。通学時間帯のはずだが、学生はもう夏休みに入ったのだろうか。東京でよく見るタクシーやバスの姿もない。京都市内よりもいくぶん涼やかな空気の中、蝉の声だけが満ちている。

「こっちだ」

背後で動き出した汽車とは反対の方向に、大江が歩を進める。土地勘などないはずだが、その足取りはどこか確信的だった。しばらく無言で歩いたのち、大江の背中が呟いた。

「俺は、知っていたような気がするんだ」

「え？」

「あの青い花だよ。もしかして、昔見たことがあるのかも……」

そのもの言いには、どこか熱に浮かされたような響きがあった。

大江の意識は、過去と夢幻の世界に入りかけているのかもしれない。一年間、あのがらんどうの店に独り籠もり続けてきた日々を思うと、紅はなにも言えなくなった。本当は誰よりも、たった一つの青を希求していたのは大江自身のはずだった。

流れる汗をぬぐおうともせず、大江は歩き続けた。まるで砂漠を進む伝道者のように。ときおり、久しぶりに酷使したであろう足元がふらつく。紅は心配しながらも、それを支えることはしなかった。大江が必要としているのは、誰かの憐れみでも助けでもない。

やがて、軒先に区切られていた空がひらけた。ハッとする間もなく紅の目に飛び込んできたのは、さきほど見たよりもずっと間近にある青い花々だった。

「これだ……」

立ち止まり、大江が放心したように呟く。

視界の果てまで広がる青い花畑。その高さは紅の胸くらいまであった。すべての茎に、濃い緑の細い葉と青い花がびっしりとついている。親指ほどの花弁はまるで天女の羽衣のようにふんわりと広がり、その裾には鮮やかな黄色い蕊《しべ》の飾り。大きさこそまったく違うが、これはまるで――。

「露草……？」

無意識に呟いた紅に、大江も同調した。

「そうだね……よく似ている……」

紅は視線を忙しく動かし、遠くのほうで花を摘んでいる人を見つけた。麦わら帽子をかぶった年配の女性だ。紅は袴を手でたぐり、花畑の中を果敢に進んでいった。

「すみませーん!!」

何度か大声で呼ぶと、熱心に花を摘んでは腰の竹籠に入れていた彼女は、ようやく気づいてくれた。

「どうしたん、お嬢ちゃん」

「あの、この花ってなんていうんですか？」

突然現れて妙な質問をする紅に、おばさんは戸惑った顔で答えた。

「はぁ、これは青花《あおばな》っていうてな。本当は大帽子花《おおぼうしばな》って名前なんやけど、露草の大きい仲間や。このへんの特産で、絵の具になるんよ」

「絵の具……？」

「そう。最近は鉄道のおかげで京や名古屋《なごや》によう売れてきてなぁ、青花農家は五百軒くらいあるんちゃうかな。真夏の朝しか咲かへんもんやから、摘み取りが忙しゅうてかなんわ。みんな『地獄花《じごくばな》』なんて呼んどるくらい」

おばさんは青く染まった掌と着物の襟元を見せて、おどけたように笑った。

「……そうか。そうよ……！」

紅は、その言葉であることを思い出した。

そこに、ようやく大江が追いつく。

「お忙しいところすみませんでした」と、すっかりよそ行きの柔和な笑顔を作っている。

「じつは俺たち、京都から『うみ』を見にきまして。どちらにありますかね？」

「海？　そんなもの、あるわけないじゃ――」

怪訝《けげん》に言いかける紅をよそに、おばさんは「あぁ」と快活に応じた。

「『うみ』やったらあっちよ」

「え？」

「この畑を抜ければ見えるから、通ってええよ」

大江は慇懃《いんぎん》に礼をし、紅の手を引いてそちらに歩き出した。

「あ、あの！　先生、滋賀県に海なんてありませんよ？　いったい、どういう――」

紅はちんぷんかんぷんなままでついていく。青花の畝《うね》のあいだをどんどん進んでいく大江は、なにか考えごとをしているのか答えない。

「先生、すみませんでした。私……思い出しました。奥様の遺品はきっと『青花紙《あおばながみ》』です。青花をよく揉んで出した汁を、何度も何度も和紙に染み込ませて作った紙だと思います」

聞いていないかと思ったが、大江は歩きながら、「それはいったいなんのために？」と問うてきた。

「ようは絵の具なんです。小さくちぎった青花紙を濡らすと、青い液が出てきます。これは水に落ちやすいので、焼きものや友禅染《ゆうぜんぞめ》の下書きに重宝されてきたみたいです。再び濡れないかぎりは落ちにくいので、浮世絵の青に使われたりも」

遠く万葉の時代から、露草は「移ろう心」の代名詞としてよく用いられてきた。それほど流れやすい色なのだ――という一連のうんちくを、確かに紅は父から教授されたはずだったのに、目指していた西洋絵画とは関係ないと思い、頭の隅で埃をかぶせたまますっかり忘れていた。今日ほど、自分の適当な性格とものごとが定着しない脳を恨めしく思ったことはない。

昨夜の段階ですぐに気づいていれば、わざわざここまで来ることもなかっただろう。大江に呆れられるかと覚悟したが、当の本人は、「そうか」と妙に冷静だった。

「紅さん、俺こそ悪かった。俺も思い出したことがあるんだ。『地獄花』っていう、あのきれいさとは真反対の強烈な呼び名。あれを聞いて――」

「どういうことですか？」

「あの日のことさ。ずっと、俺は記憶に蓋をしてきたんだ」

「え――」

大江の足が速まった。転ばないよう、紅は必死でついていく。青花の、空から落ちた甘露《かんろ》を思わせる匂いが、ふっと通り過ぎた。

「俺は避けてきたんだ。この先の景色を確かに見たこと……。考えれば罪悪感を抱いてしまうから——」

ふいに、花畑が途切れた。

その先には、これまで見たどんな青よりも深い青があった。


「……海……？」


それは途方もなく広がる海だった。雲のない大空を、巨大な鏡のように凪いだ水面《みなも》が映している。それらは陽炎の彼方《かなた》の水平線で、一つの青に溶け合っているようにさえ思えた。

紅は、大江の傍らで立ち尽くした。息を切らした大江は、どこか救いを求めるように目の前に広がる水面を見つめている。

「近江では琵琶湖を『うみ』と呼ぶんだ。……俺はずっとここを避けていた。親戚の子が水練に出かけたのはこの『うみ』だ……。家出した日、俺はこの琵琶湖を見たい一心で湖岸に来たんだ。これが見られれば連れ戻されても構わないと思っていた。俺が見たかったのは、信州でついにつかめなかった青だった」

「……そう……だったんですね」

思えば、大江の語る思い出からは「琵琶湖」が欠落していた。近江といえば必ずそれというわけでもないだろうが、頑《かたく》なまでに「海に行ったことがない」と主張する姿はどこかいびつだった気がする。確かにそれは偽りではなかっただろう。だが、「水辺」には来ていたのだ。

白く清浄に広がる砂浜に、大江は座り込んだ。砂がつくことなど構いはしない。紅も少し離れてその横に座った。


「あの日」も、大江は同じように砂浜で呆然と琵琶湖を見つめていた。こんなにも見たかった青なのに、心はどうしてか空虚に支配されていた。

そこに、その人は通りかかった。

「同年代の男の子だった……。親戚のお姉さんと湖岸をドライブしていたところでね。最新式だというフォードに乗っていたんだ。二人は俺を純粋な迷子だと思ったらしく、家まで乗せていってくれたよ」

初めて乗る自動車には屋根も窓もなく、吹き抜ける夏風をそのまま感じることができた。

道すがら、大江はさまざまな景色を見た。青花が乱れ咲く広大な花畑を。中山道の宿場町が残す古い景観を。そして、水面に光る魚の銀の背鰭《せびれ》と、それらが造る小さな渦を。

「世界はなんて美しいんだと思えた。こんな人生だけど、まだまだ捨てたもんじゃないのかもなんて、ね」

　大江は心からその短い旅路を楽しんだ。だけど、その時間が幸福であればあるほど、その後に待ち受けていた悲劇に耐えられなかった。

「あの火事は、きっと俺の心までも燃やしてしまったんだな。けれど、そうでなければならないような気がしたんだ。無責任に家を放り出して遊んでいた自分は、なにか罰を受けなければ釣り合いが取れないような――」

　そうして少年は、水辺にまつわる彩り豊かな記憶を封じた。

「名前も知らないけれど、いま、彼はどうしているかな。顔なんてもう思い出せない」

　ずっと忘れていたことだ。交わした会話もほとんどが水のように流れ去っている。唯一共有した経験は、休憩のためにお姉さんが商店に車を停め、冷やし飴とあんこ餅を買ってくれたことだけだ。水飴を溶かした生姜《しょうが》風味の冷たい水が、たまらなくおいしい。大江にとってそれはまさしく天が降らせた蜜そのものだった。

　喜ぶ大江を見て、少年は微笑んだ。そして、澄みきった鈴のような声で言った。

「また会《お》うたら遊ぼうねぇ」


　長い間、紅も大江も無言のまま湖面を見つめていた。

　そのあいだ、紅の中にはある考えが泡のように浮上していた。それは肥大してやがて渦となり、そうとしか思えないほどに心を占めているのだった。紅は意を決して、「あの、先生」と大江のほうを見た。

「すみません。その子はもしかして、ショート・ヘアーで、幅広の麦わら帽をかぶってはいなかったですか？」

　紅が静かに尋ねた言葉の意味を、大江はつかみきれなかったらしい。「あぁ、そうだったかもね」と、曖昧に頷いた。

「そして、服装は洋装の――白いシャツと揃いの吊りズボンじゃなかったですか……？」

「確かに白っぽい服だったかもしれないけれど、そこまで覚えていないよ。それがどうしたっていうんだい？」

「それは……男の子じゃなくて、男の子のような格好をした奥様――綾子さんだったんじゃ、ありませんか……？」

　祝言で視た『思い出の色』の少女――。モダン・ガールが流行していた東京で、そんな服装の少女を紅はいくらでも見た。だけど、おそらくはその流行最初期、長いあいだ街を知らずにいた大江にはそう思えなかったのではないか？

「まさか、そんなわけは……」

　露骨に戸惑ってしまった大江に、紅は熱っぽく語った。

「私が視た景色だけじゃありません。奥様は、このきれいな水辺を絵に残しているじゃありませんか。そして、あの青花紙。それが思い出を共有した証拠にはなりませんか？」

「……ありがとう」

大江はそんな紅を憐《あわ》れむように、儚《はかな》い笑みを向けた。

「でも、もういいんだよ。だってあの絵の青い瞳の少年は俺じゃないだろう？　それだけは厳然とした事実さ」

「それは――」

「妻は異国の少年と、もしかしたら琵琶湖で遊んだかもしれない。そしてその思い出として、青花紙を手に入れて大切にしていたのかもしれないね。それでいいじゃないか。妻が見た景色を一つ知ることができた。もう、俺には十分すぎるほどさ」


それから二人は再び汽車に乗り、京都駅まで戻った。もう伊吹山へは行かない。大江のどこか吹っきれたような笑顔がそれを表していて、紅にも抗《あらが》う気力はなかった。

朝一の汽車を逃せば、東京への帰りは夜行になってしまう。大江はそれを教え、紅にもう一泊していくようにすすめた。

「そもそも、帰ることをまだ実家に伝えていないだろう？　驚かせるから、きみは京都に戻ったら電報を打つんだよ。俺はちょっと出かけてくるから」

「どこへ行かれるんですか？」

大江は少し気まずいような笑みを浮かべた。

「妻の絵をね、まとめて売ろうと思っている。欲しがっている画廊に話をつけにいくよ」

紅は目を丸くして大江を凝視する。穏やかな表情に忍ばされた決意は、薄っぺらい説得ごときでは揺らがないように思えた。

「……本当にいいんですか。でも――」

「あんなところに置いておいても、黴《かび》が生えるだけさ。だったらきちんと手入れして愛《め》でてくれる人のところにあったほうがいい」

「それは、そうかもしれませんが」

紅は、反対意見を述べることをためらった。大江の生活はいまや、絵の売却に頼っているという。紅がいまそれを思いとどまらせたとしても、結局は早いか遅いかの違いでしかない。だったら、大江自身が納得できたときに手放すのが一番なのだろう。

なにも言うことができず、紅は俯く。汽車は京都駅に着こうとしていた。

「あの青花紙も、画廊で引き取ってくれるかなぁ」

車窓から鴨川で遊ぶ子供たちを眺め、大江がどこかしんみりとした口調で言う。

本当は、なにかを諦めきれない心がその声に滲んでいた。

「綾子は、あの青い絵の具でどんな絵を描きたかったんだろう……」


「どんな絵を――」

紅は口中でその言葉を反芻する。

「描きたかった……」

その瞬間、頭にパッと火花が散った。

「……先生……！」

紅は立ち上がり、大江の手を取った。

「え？　なに？」

「急いで降りましょう。お店に帰るんです！」

突然の紅の剣幕に、大江は完全に度肝を抜かれている。反射的に逃れようとしたその肘を、紅はつい固めてしまった。

「いや、ちょっと、まだ鉄橋の上――！」

「窓から降りるなんて言ってないですってば！」

大江を引きずって店まで戻った紅だが、母屋には入らずに蔵の鍵を開けてもらった。駅から小走りで来たので、二人とも汗みずくだ。紅は顎に垂れてくる汗を拭き取るのももどかしく、解錠とともにひんやりとした蔵へ飛び込んだ。

「ねぇ、急にどうしたんだい？」

大江が当惑顔でついてくる。桐箪笥を開けながら、紅は急いたような声で言った。

「あの青花紙は、本当はもっと大きかったんじゃないですか？」

「え？」

「未使用で保管していたわけじゃなくて、もうすでに切って使ったあとだったかもしれないってことです。それは、もしかすると――」

紅の言葉を遮るように、背後から追いついた大江が絵を取り出す。

水張りされたままの、未完の水彩画を。

「この空の色……そして水の色。同じ絵の具だと思います。それに、これも――」

紅はふわりと人差し指を向けた。こちらを見つめる少年の瞳。その澄んだ青へと。

「きっと、奥様も相手の子の顔を忘れてしまったんでしょう。……だけど、それは決してどうでもいいからではなくて……強く印象に残ったからこそ……だったと思います」

紅だって、大江の顔を長いあいだ忘れていた。だけどそれは、些末《さまつ》なことだったからとはとうてい思えない。むしろその反対だ。焼きつけようとすればするほど、記憶は儚くすべり落ちていく。それは青だ。決してつかめない、美しい青そのもののことなのだ。

「だから昔の奥様は、思い出の青花で絵を描いて、男の子の瞳だけは空白にしておいたんじゃ……？　いつか思い出したときに描き込めるように」

そこにどんな心があったのか、語る人はもういない。だけどおそらく、紅でも同じ状況ならそうしただろう。

「当時、先生は相手の子に、青い蝶や湖に焦がれた話をしなかったですか？　それらを決してつかめない――つまり、自由になれない自分自身のことを」

「……自由……」

大江は深い思いに沈み込んでいる。けれど、その先の言葉をどこかで待っているようにも見受けられた。

「相手の子がもし奥様だったとしたら、後年再会したときに先生の経歴を聞いて、きっと気づいたはずです。たとえ、先生が記憶に蓋をしていても――いえ、だからこそ、それを無理にこじ開けることは望まなかった。だから、奥様は未完成だった絵を終わらせることにしたんじゃないでしょうか？　全然別の人の瞳をここに打ち込むことで……」

つまり、少年の瞳だけが後年別途描かれていたことになる。経年による色味の違いは、水分量でうまく調整したのだろう。そこに青を選んだ意味も、もうほかに知る人はいない。

けれど、妻は埋めてしまった思い出の痕跡をどこかに遺しておきたかったのかもしれない。

それが、しまい込まれた青花紙。そして、未完性を意味する水張りだったのでは……。

大江はなにも言わず、水彩画を眺めている。やがてふいに屈み込むと、桐箪笥の別の段からなにかを取り出した。

「わかったよ。この少年の目、ずっと知っていたような気がしてね。名も知らぬ家出少年の瞳に映っていた――唯一確かだったもの。せめてそれを投影したのかもしれないな」

それは小さな写真だった。祝言のときに撮られたらしい、美しく着飾った花嫁が写っている。大江の言うとおり、育ちがいいのだろう。彼女はキャメラに臆することなく笑む。

その写真を、大江はそっと水彩画に近寄せた。なにかを信じているかのようなしぐさ。その手元を見て、紅は思わず息を呑む。

絵の中の少年と、花嫁のつぶらな瞳は瓜二つだった。


ふしぎなことに、青い瞳が抱えていた秘密めいた光は、それを見つめる大江のまなざしと溶け合って消えていったように思えた。

未来の夫婦が混じり合った人物は、かつて確かにあったはずの未来を見据えていた。

紅はついにこらえきれなくなり、白昼の空の下へ出る。

膝をつき、絵を抱いて祈るように震える大江を残して。

京都の空は、滲んだ視界の向こうでも濃い。

五

翌朝、まだ暗いうちに紅が急ぎ足で一階まで下りると、すでに大江は台所に立っていた。

「おはよう。早いね」

「汽車に遅れたらいけませんから。先生こそ、お早いですね」

「あぁ、ちょっと作りたいものがあったんだ」

そう微笑んで紅に差し出したのは、白い小箱だった。金雲母《きんうんも》がちりばめられた和紙が貼られ、窓から入る曙《あけぼの》の薄明かりを映している。手渡されるとき、いくつかの硬いもの同士がそっと擦れるような音が響いた。

壊さないよう静かに開けてみて、紅は感嘆の声を上げた。

それはずっと焦がれていた、あの婚礼菓子の有平糖だった。どこまでも深く澄んだ青い観世水紋のほかに、同じ色の蝶が混じっている。

「なんて……きれい……」

それ以外の感想など思いつかなかった。目を輝かせる紅を見て、「妻に――綾子に言われたことがあってね」と大江が照れるように言う。

「『青はつかめないけれど、お菓子はつかめる。それを作ったあなたの手も』って。それは絵画と和菓子との違いでしかないだろうと思ったけれど、もっと別な意味があるような気がしてきたんだ」

紅は無言で青い和菓子を見つめ、その一つの渦を口へ含む。それは思い出の中よりもずっと甘く、さらりと体に溶け込んでいった。大江が台所のほうへ去りながら言う。

「渦は廻《まわ》り、めぐる。いつまでも心が離れないようにと願って、俺はこの意匠を選んだ。蝶は今朝《けさ》のきまぐれさ。常連さんには『あたたかみがない』って怒られそうだけどね」

「青い、蝶……」

水から蝶が生まれたのか。それとも、蝶が水に還ったのか。もしかしてその両方かもしれない。そして、その輪廻《りんね》は永遠に続いていく――そんな気がした。

紅はそっと目を潤ませた。ここに確かにある夫婦の絆を思って。

わずか数年で天と地とに分かたれようとも、そんな相手に出会えた人生とは、なんと輝いて見えるのだろう。紅はそれを羨ましく、少し寂しく思うとともに、二人がなんの歩みもなく手に手を取ったわけではないことも理解していた。

幻影の中で洗濯物を干す彼女の瞳には、つかめなかったはずの青が映っていたから。

「私も……見つけられるでしょうか」

自分自身の色を。

呟いた声は大江に届くはずがないと思っていたのに、意に反して台所からは、「あぁ」という返事が聞こえた。

「きみは素敵な目を持っているじゃないか。時間も距離も飛び超えて、どこにだって行けるんだ。だから……きっと見つけられるよ」

そんなことを言われたのは初めてだったので、紅はなにも言えなくなってしまう。せめて、このお菓子を絶対に忘れないようにしようと誓った。そして荷造りしたものを取りに行こうと廊下へ足を踏み出したとき、「あのさ、ちょっといいかな」と大江に控えめな声をかけられた。

「紅さんに頼みたいことがあるんだけど」

「なんでしょう？　お豆腐でも切らしましたか？」

「え？　あぁ、お豆腐はどうだったかな……」

「もうお店やっていると思いますよ。買ってきましょうか」

「いや、そうじゃなくてさ……」

「はぁ」

口ごもってしまった大江の前で、紅は棒立ちするしかない。少しの間を置いて、紅に向き直った大江が俯き加減でこう言った。

「じつは、店を再開させることにした。人が足りないからしばらく手伝ってもらえないかな」

「いいですよ！　店ですね」

おつかいに行くくらいの軽い気持ちで頷いた紅だったが、しばらくあとにその内容を理解して、「……えええ!?」と素っ頓狂に叫んでいた。

「と、突然どうしたんですか？　店って……もしかしてまた、お菓子を……？」

混乱する紅に、大江はいつもの苦笑いを見せる。

「あぁ、昨日画廊でね、絵の売却を断ってきた。本当は、もう一枚も手放したくない。そのために俺になにができるかといえば、どうにか働いて自分の生活を維持することだけなんだ」

「じゃあ……」

「せっかく電報を打ってもらったけど、まだきみにいてほしい。でも先生って呼ぶのは——」

「よ、よろしくお願いいたします！　先生！」

興奮のあまり、大江の言葉の半分しか聞いていなかった紅は、用意していたエプロンをさっそく取りに行かねばと、階段を駆け上っていった。

「おーい、だから先生っていうのはさ……それに開店はまだまだ先だよー」

そんな大江の声が聞こえた気がしたが、逸る心はそれを待ってくれない。

二階の窓からは、清冽《せいれつ》な夏の夜明けが見えていた。

第二章　赤い雪、白い紅葉

一

朝晩の息が白くなってくる季節、開店からじわじわと途切れなかった客足がふっつりと絶えたのは、ちょうど正午を回ったころだった。

「最近冷えるなぁ。雪でも降るんじゃないかしら」

売れたぶんの豆大福を硝子ケースに補充しながら、紅は表戸の外に吹き寄せられている銀杏《いちょう》の葉の影に目をやった。

秋のはじめ、静閑堂はひっそりと営業を再開した。

そこに至るまで、やはりそれなりに苦労はあった。販売計画と仕入れの調整、工房と店舗の修繕、各種書類の提出に挨拶回りなどなど。おもに頭と手足を使っていたのは大江だが、それでは申し訳ないので紅も隙を見つけて働いた。砂糖や小豆の袋を担ぐくらいしか役には立てなかったが。

幸いにも、客の入りは悪くない——と思う。花街である島原が近いこともあり、お茶屋やお座敷からなにかと注文が入るし、それ以外にも新規らしい若い客の姿もちらほらと見える。ただ大江は、「前はもっと閑古鳥が鳴いていたんだけどねぇ。京都には老舗和菓子屋が山ほどあるし。おかしいな」と首をかしげている。

「いいんですよ！　お客さんが来てくれるんですから」

紅は笑って励ました。けれど、大江はもう少し落ち着いて商売したいようだった。

大江いわく、島原は七十年ほど前の大火で大打撃を受け、以来賑わいの中心は祇園のほうに移ってはいるものの、そのほんのりとした侘《わび》しさがちょうどいいのだという。店名といい、この飄々とした店主は静けさを好むらしい。再開した店も、京町家らしく奥行きのある土間に、ささやかな風景画と中古のショーケースを置いただけの簡素な内装だ。

それでも、紅は昼でも薄暗いこの店に並ぶ、とりどりの和菓子の陰影を好ましく思っている。とりわけ影は季節の色をよく引き立たせた。細かい花弁を鋏《はさみ》で切り出した紅藤《べにふじ》色の『糸菊《いとぎく》』の練切。餅をあんで包んだ上に、つやつやの鹿《か》の子《こ》豆の蜜煮を散らした『鹿《か》の子《こ》餅《もち》』の照り。それらが静寂の中でひときわ神聖なもののように感じられるのは、紅だけではないはずだ。

「紅ちゃん、店番代わるからいまのうちにお昼食べておいで。台所におにぎりがあるよ」

「はーい」

「あ、あとこれ。おやつ」

「わ！　亥の子餅《いのこもち》！」

朝から接客に追われ続けていた紅は、工房から出てきた大江に声をかけられて、ようやく空腹に気づいた。

昨日の売れ残りではあるが、亥の子餅にもありつけてうきうきしている。亥の月最初の亥の日、亥の刻に食べると無病息災になるというそのお菓子を、紅は忙しさのあまり食べ損ねていたのだ。

今年、大正十四年のその日は昨日、十一月十一日だったけれど、週の真ん中の水曜日だったせいかいくつか売れ残ってしまった。小豆や雑穀を混ぜてウリ坊に色も姿も似せた餅の中に、つやつやの粒あんが入っている。

「これ、ずっと楽しみだったのよねぇ」

紅は頬をゆるませながら台所へ向かった。流し場、竈《かまど》、瓦斯《ガス》を引いた瓦斯竈《ガスかまど》のほか、作業場も兼ねた小さいテーブルがある。大江と交代で昼食を済ませるのはだいたいここで、今日はおにぎりが三つと、水菜の浅漬けの小皿も置いてあった。

「いただきます！」

誰も見ていないのをいいことに、紅は大口を開けておにぎりにかぶりついた。具はそれぞれ違っていて、梅干し、焼き鯖《さば》、山椒《さんしょう》の実と昆布の佃煮が入っていた。紅と違って手先が器用な大江は、いつもこうして手早く食事を用意してくれる。

「はぁ、生き返る……」

空腹を満たしながら、紅はほっと息をついた。

京都へ来て、そろそろ四ヶ月。正直、初日は自分がこの店で働ける日が来るなんて、想像もできなかった。まだまだ和菓子については勉強中で、大江が作った商品を売るだけで精いっぱいだ。でも。

「ちょっとは、なにかの役に立っているかなぁ……」

四ヶ月前。花電車に轢《ひ》かれかけて、親切な人に助けられるばかりだった自分。配達も始めて少しは京都の地理も覚えられてきた。ときどきは、盛大に道に迷ったり、人に触れて予期しない「思い出の色」を視てしまうこともあるけれど――。

「そうだ、お茶お茶」

少ししんみりしてしまったせいか、いよいよおやつを食べる段になって、紅は煎茶を忘れていたことに気づいた。土間から冷えが上がってくるこんな日には、最高に熱いお茶がいい。うきうきとその用意をしていたとき、店のほうから人の声がすることに気づいた。

「ごめんください。静閑堂さん、やっていたんですね」

「ええ、長らく閉めていてご迷惑をおかけしました」

交わされているのはごく普通の会話だが、紅は若い男性とおぼしき客の声に聞き覚えがあるような気がした。

「もしかして……」

紅は名残惜《なごり》しげに台所を振り返ると、お湯が沸きかけていた瓦斯竈を消した。そして経木《きょうぎ》に亥の子餅を包みなおし、風のような速さで店に戻っていった。


「やっぱり！　黄色い帽子のお兄さん」

暖簾から出ていった紅は、華やいだ声を上げた。畳に腰かけて大江と談笑していた若者が、「あ！」と驚いて立ち上がる。

「お、お嬢さん！　お久しぶりです。え？　ここで働いているんですか？」

「そうなんです、おかげさまで！」

やはり、客は夏に助けてくれた若者だった。肩かけの黒い鞄には見覚えのある気がするが、季節が移ったので麻の鳥打帽《ハンチング》は鳩羽《はとば》色のフェルト生地に変わり、黒い鳶《とんび》コートも羽織っている。童顔に丸眼鏡もあいまって学生にしか見えないが、本当はどうなのだろうか。

紅にはまだ、京都で気さくに話せる人は少ない。だから二度目とはいえ、知っている人に会えたことだけでも嬉しいのだ。ただ、相手は微笑みながらも視線を妙にそらしてしまう。

「あら、どうかしたんですか？」

「いやー……じつは、いい和菓子屋さんを探していまして」

彼は遠慮がちに口を開いた。

「だけど、老舗《しにせ》ってやつはなんというか……こんななりの若造には敷居が高いでしょう？　困っていたら、『日本一のお菓子屋さん』のことを思い出したんです」

「なにそれ。紅ちゃん、そんなこと言ったの？」

大江が辟易《へきえき》したような苦笑を浮かべるけれど、紅は誇らしく胸を張った。

「もちろんです！　それは私が保証しますよ。本当にきれいで、おいしいお菓子なんですからね！」

「あっ、こちらの格が低いとか、そういうつもりはないんですよ!?　町家の中に溶け込んでいて、いい雰囲気だなって思っていたんです」

微笑みながらも、若者の目線はまだ定まらない。

「それで、ですね……。ちょっと変わった注文をさせてもらいたいんです……が」

「え？」


青年は野分海里《のわけかいり》と名乗った。市内の学生というが、やはり言葉遣いからして関西出身ではなさそうだ。かといって東京風という感じもしない。どこか可愛《かわい》らしい、ふしぎなアクセントを持っている。それもあいまってか、いかにも善人という雰囲気は以前と変わらなかった。

実際、彼は以前見ず知らずの紅のため、暑い中いやな顔一つせずに静閑堂を探してくれたのだ。たぶん本当に律儀で人が好いのだと思う。

だけどもしかしたら、それゆえに苦しんでいることがある――？

紅の中に心配がちらりとかすめたとき、口ごもっていた野分が話しはじめた。

「じつは、『とある人』から『とあるお菓子』を食べたいと依頼されたんです」

その人いわく。


『昔食べたお菓子をまた食べたい。それは、赤い雪の和菓子だった』


「……なに、それ？」

急に静まりかえった店内に、紅の素っ頓狂な声が響いた。畳のふちに腰かけた紅を、隣で正座している大江の肘が小突く。

「す、すみません！　つい……」

頬を紅潮させて俯く紅に、野分青年は苦笑いで応じた。

「いえ、いいんです。僕の言葉が足りなくて……」

「ええと、赤い雪っていうのは……？」

おそるおそる訊いた紅に、野分は軽くかぶりを振ってみせた。

「べつに謎かけとかじゃありませんよ？　そのままの意味です。ただ、僕が直接知っているわけじゃないので、具体的なことは言えないんですが……」

「その方は、今日近くにいらっしゃらないんですか？　直接うかがえれば少しは――」

「すみません。いま……近くにいないんです……」

ただ、作ってくれるのならできるだけ急いでほしいと野分は言う。希望する納期は今週土曜日――つまり、明後日《あさって》だという。

「明後日ですか。んー、だったら明日でもいいので電話か電報でもできないですか？　野分さんがお忙しいなら、こちらからその方に連絡を取りますし」

大江がそう言っても、野分は首を振るばかりだ。

「そういうわけにもいかないんです」

「なぜですか？　和菓子といってもいろいろありますし、数量やご予算の相談もしたいんですが」

「いえ、いいんです」

「え？」

野分は申し訳なさそうな顔のままで微笑んだ。

「数は……そうですね。一つでいいんです。むろん代金は相応にお支払いします。いくらになってもかまいませんから」

「ええっ⁉　いくらでも⁉」

「はい。お菓子の種類とかデザインといったものも、すべてお任せします。無責任だとお思いでしょうけど、僕も指定できるほどのイメージを持っていないもので……」

再び店は静けさに包まれた。大江も紅も当惑を隠せないのだ。依頼人も想像できていない和菓子？　そんな注文は大江も初めてなのだろう。しかも、与えられた課題は「赤い雪」という、この世に存在しないものなのだ。

野分も、妙な空気を感じ取ったらしい。「やっぱり、難しいですよね。別のお店をあたってみます。すみませんでした……」と言いおいて、俯きながら店を出ていこうとする。

「あっ、待って――！」

思わず紅が鳶の裾をつかむと、突然引っぱられた野分は、仰向けにもんどり打った。

「わっ」


その瞬間、紅の視界から青年の姿は掻き消え、まばゆい光がいっぱいに広がる。


「え――」

白い世界に、なにかがとめどなく降り注いでいる。しかし強い逆光で濃い影となり、判然としない。

雪……？

そこで視界は真下へ向かう。一面に広がっているものは、降り積もった深紅の雪だった。

「嘘――」

それはほんの一幕ともいうべき映像で、瞬きとともに消失した。だが、その鮮烈なフィルムは紅の瞼に焼きついた。

「あのぅ……」

ハッと気づけば、無意識に指を離してしまったらしく、野分が土間に尻餅をついて当惑顔で紅を見上げている。

「あっ、す、すみません！　手が滑っちゃって……」

「い、いえ……。それじゃあ……」

「やっぱり駄目！」

今度こそ帰ろうとする野分の首根っこを、紅は背後からつかんだ。

「しつこくてすみませんが、もう少しお話を聞かせてください！　それに野分さんだって、赤い雪が降っているのを見たことあるんじゃ？」

紅の言葉がなんらかの核心に触れたらしい。野分はあからさまに肩をこわばらせた。

「え？　いやぁ、それは――」

口ごもってしまった。やはり、様子がおかしい。

「い、依頼人は、さる貴人《きじん》、としか……」

「貴人？」

意味がわからず、紅は立ち尽くす。

「変わった注文だというのはわかっています。でも、僕はその人の願いを叶《かな》えたいんです。どうしても……それだけです」

「野分さん……」

「もういいよ、紅ちゃん」

大江の声が呼んだ。紅が振り向くと、彼はいつもの微苦笑を浮かべている。

「おもしろい注文じゃないか。依頼主の思い出のようにはならないかもしれないけれど、俺なりの『赤い雪』ってやつを作ってみようと思う。それでいいんですよね？」

「は、はい！　ありがとうございます！」

野分はほっとしたような笑みを浮かべた。

「助かります。本当に……よかった……」

「あの――」

去っていく野分の下がり眉が気になって、紅はまだ追おうとしたが、入れ違いに別の客が入ってきたのを見て思いとどまった。

それは紅よりも二、三は年下と思われる、小柄な少女だった。戸口ですれ違いざまに野分と肩がぶつかり、「あぁ！　すみませんすみません！」と平謝りされている。

野分は急いで立ち去ろうとしていたため、挙動不審にますます磨きがかかっている。少女はそれを無表情で見上げ、「いえ」とだけ小さく言った。そのまま相手には目もくれず、ブーツを鳴らして紅と大江のほうへ向かってくる。どことなく険のある視線が紅を射抜いていた。

「ごめんくださいませ」

小作りな顔が西洋人形のように華やかな子だと思った。長い睫毛と、顔に比して大ぶりな目と唇が迫ってくる。もちろんそれは紅の気のせいでしかなく、品よく結い上げた髪と牡丹《ぼたん》色の袴姿の彼女は、あくまでも控えめに用件を告げた。

「さる貴人からの依頼なのですが、白い紅葉《もみじ》の和菓子を作ってほしいのです」と。

その夜、紅は食卓で頭を抱えていた。

「いったいなんなの？　どうしてみんな『さる貴人』に頼まれてお菓子を注文するの？　そもそも『さる貴人』って誰なのよ」

「そうだねぇ……」

何十回目かのぶつぶつに、大江が苦笑しながら土鍋の具材をよそってくれる。

今日の夕餉《ゆうげ》は深まる秋らしいものだった。白菜と油揚げの鍋と、七輪で焼いた鱧《はも》の照り焼き、それから淀《よど》大根と昆布の煮《た》いたん。仕事が忙しくない日は、こうして閉店後に二人で食事することができる。紅が店じまいをしている間に、大江が手早く作ってくれた。

紅は鱧を京都に来てから初めて食べた。大江いわく、この街ではもっともありふれた庶民の魚らしい。明石《あかし》や淡路島《あわじしま》で水揚げされたもので、市中を回っている行商の魚屋が戸口まで届けてくれる。

「それにですよ。『赤い雪』と『白い紅葉』って、なんなんでしょう？　赤い紅葉に白い雪ではなくて？　私たち、からかわれているんでしょうか」

悩んでいるあいだにそんな気すらしてきて、紅は顔を上げて問う。とはいえ、懊悩《おうのう》していても食欲は衰えないので、手を合わせると出汁のきいたあたたかい汁を飲んだ。

「あぁ、おいしい……」

大江はそんな紅のふるまいにも慣れてしまっているようで、微笑んだまま箸を動かしている。

「どうかなぁ。きみ、あの野分さんとは知り合いなんでしょ？　そういうおかしなことをする人なんだろうか」

「いやぁ、知り合いといっても、夏に道案内してもらっただけで――」

そもそも彼の名前すら今日初めて知ったくらいなのだ。

「でも、人を困らせて楽しんだりする人には見えませんよね」

むしろその逆で、ずいぶん騙《だま》されやすそうだなと心配になってしまう。

「先生。私、ここに来た日、たまたま触れた帽子から幻が視えたって言いましたよね？」

「あぁ、もちろん覚えているよ。それで、次の日滋賀まで行くことになったんだよね」

紅は頷く。

「その帽子の持ち主が野分さんなんです。なんでしょう――うまく言えないんですけど、たぶん野分さんはその帽子に思い入れがあって大事にしていて……だからこそ、帽子が持つ一番最初の『思い出の色』がしっかり残っていたような気がするんです。ものに触れても、その色を染めた人が見た光景まではあまり視ませんから、そうとしか……」

「そっか……」

「だから悪い人ではない……というより、心配になるほどいい人のような気がするんですが」

大江は苦笑いし、「じゃあ、うちを選んでもらえたことは光栄かもね」と告げた。

「先生……」

「そういえばさ、あとから来た女の子。彼女と野分さんが戸口でぶつかったとき、そのこと自体に少し焦ってはいたようだったけれど、知り合いという感じではなかったよね？」

「んー、たぶんそうだと思いますけど……どうでしょうか……」

大江は冷静に見ていたようだったが、紅はそこまで気が回らなかった。

「まぁ、あの二人が共謀しているとまでは言わなくても、野分さんがいろいろと隠していることは、正直気になるけどね」

「そうですよね。それに、女の子のほうだって……」

少女の滞在時間はごく短いものだった。彼女は名乗ることもせず、「明後日の午前中、注文した品を取りにまいります。数は一個だけ。予算も意匠もお任せいたします」と簡潔に告げたのだった。

受け取りの際、万一の取り違え防止のために依頼人の名前が必要なんですが——と紅がおずおず切り出すと、彼女は再び射抜くような瞳で紅を見つめ、「わたくしが参りますからご心配には及びません」と言った。

「この顔を覚えていていただければ。わたくしはさる貴人に仕えておる者でございます」

「はぁ……」

サルキジンと言われても、上流階級などとはとんと縁がない紅にしてみれば、想像の枠を超えている。京都にはそういう家柄が多いのかなぁという程度だ。だいたい、「貴人」というのはなんなのだろう？　貴族——つまり、いまでいう華族のことだろうか。だったらそう言えばいいのに……。それとも、華族ではないが単に偉い人、くらいの意味合いなのか。

「まぁ、いいんじゃないの」

土鍋の湯気の向こうで大江が淡々と言った。

「あの二人にはなにか関連があるのかもしれないけれど、俺たちが知る意味はないし、知ったところでどうしようもない。誰かの命がかかっているというわけでもないだろうしね」

「そりゃ、そうですけど……」

　そこで、大江はふぅっとため息をついた。

「俺もさ、光栄だとは言ったけれど、やっぱりまだ自信はないんだ。並みいる京都の老舗には太刀打《たちう》ちできる気がしないし、再開したばかりだしね。その貴い人に気に入ってもらえるかどうか――」

　苦笑で覆ってはいるものの、珍しく弱音を吐いた大江へ、紅は「大丈夫です！」と声を張り上げた。

「先生のお菓子は、どんな名店にも負けません。自信を持ってください」

「きみはいつもそんなこと言うなぁ」

「お世辞でも太鼓持ちでもありませんよ。事実なんですから」

「ま、もう受注はしちゃったわけだし、いろいろ気にしてもしかたないか」

「ありがとう」の言葉とともに、蒸気の薄い幕越しにふと目が合う。

「紅ちゃんのほうは、もう大丈夫？　まだ気になることは――」

「いえ……平気です」

　結局気遣われていたのは自分のほうだと悟り、紅は頬を赤らめて俯いた。

大江はにこりとしてご飯のおかわりをよそってくれる。

「とにかく、俺にできることは依頼どおりに――いや、それ以上の和菓子を完成させることさ。赤い雪に白い紅葉、作ってみせようじゃないか」


食器を片づけたあと、紅は早々に借りている部屋へと下がった。忙しい日でなければ、この時間は居間でお茶を飲みながら売れ残りのお菓子にありつくのだが、なんだかそういう気分になれなかったのだ。

「赤い雪……」

自分に確かめるよう呟きながら、紅は文机の抽斗を開く。

東京から持ってきた荷物は少ない。そのうちの一つが、ほとんどがらんどうのここに入っている。

それはごく小さな桐箱だった。蓋の片隅に、梅の花の焼き印が捺《お》してある。このたった一つの宝物を紅は大切にしているけれど、同時にどこかで恐れてもいた。

数年ぶりにその蓋を開く。かすかな軋《きし》みとともに現れたのは、大粒の紅玉《ルビー》の指輪。

これは母の形見だった。母もまた祖母から譲られたらしい。もとをたどれば御一新前のヨーロッパからもたらされたものということだが、真偽のほどはわからない。

大江にはいちいち言っていなかったけれど、紅の「体質」には一つだけ例外がある。

いや、自分の存在がすでに例外ではあるのだけれど、一応決まりごとというか、経験的にこうだろうなという枠組みがある。

その一つが、「一度視えた幻影は二度と視えない」というものだ。

だけど、この指輪だけは違った。これだけは、何度触れても同じ場面が鮮やかに眼前に立ち現れるのだ。それも、紅のまったく望まない風景が。

その理由を、紅ははっきりと説明することができないけれど、思い当たるふしなら一つだけあった。

これは、一番大切な人のものだった。

もう、紅はそれを視ないと誓っていた。だけど今日、野分へ触れたときに視た景色が、そうはさせてくれなかった。紅はもう一度この指輪に触れて、確かめなければならなくなった。

「お母さん……」

意を決して、紅は指輪を嵌めた。と同時に、その光景が迫ってくる。

何度視ても慣れない——あの雪が。

それは一面の雪景色だった。延々と粉雪を降らす雲からは一条の光も射さず、いまが夜でないということ以外にはなにもわからない。遠くには同じく白いものをかぶった、ゆるやかな山並みが続いている。

足跡一つない雪原には、何本かの低木が生えているのみだった。そこにも厚い雪が降り積もり、枝々はいかにも重たそうに頭《こうべ》を垂れている。

その空間に、はらりと色が落ちる。

空から落ちたのは雪――大粒の深紅の雪だった。

それは瞬く間に広がっていき、幻影の中で紅は悲鳴を上げることすらできはしない。真っ赤に彩られた景色は、紅の意識にまで及ぶ。


気づけば、いつもの六畳間に紅はいた。

……違う。自分は最初からここにいて、世界はなにも変わってはいないのだ。外した指輪だけが畳に転がっている。深紅の輝きは、奥底に闇を閉じ込めているような気さえした。

「紅ちゃん、ちょっといいかい？」

どれほど呆けていたのだろう。襖《ふすま》の向こうから声をかけられるまで、紅はそのまま座り込んでいた。かすれ声で「はい」と答えると、なにげない顔で大江が入ってくる。煎茶と、昼間食べ損ねていた亥の子餅を運んできた彼は、紅の様子が違うことに気づいたようだった。

「え……？　どうしたの？」

「あ、なんでも——」

そう言いかけるが、大江がそれで見逃すはずはないとどこかでわかっていた。

「顔色が悪いよ。大丈夫？」と、心配そうな顔をしている。

「すみません。やっぱり、ちょっと気になることがあって……」

紅は居ずまいを正すと、ようやく懸念を話すことに決めた。

「私の母は、十年近く前に肺病で亡くなったんです。その直前にあの指輪を贈られたんですが、あれに触ると赤い雪の景色が視えるんです……」

紅は指輪を示し、幻視について説明した。そのあいだ、大江は無言でそれを拾い、大事そうに桐箱にしまう。

「……赤い雪かぁ。野分くんの依頼とまったく同じというわけか」

考え込んでしまう大江に、紅は慌ててつけたした。

「あ、でも、野分さんに触れたときに視えた『思い出の色』は、少し違っていました。すごく眩しい光の中で、赤い雪が一面に降っていて……そう、まるで紙吹雪のようで……ちょっと現実味がなかったんですよね」

実際に現実の光景ではないのだが。けれどそれを詳しく訊こうにも、野分は逃げてしまいそうだった。

「そうか……」

大江は顎に手を当て、しばらく考え込むようなしぐさをしたあと、おもむろに紅を見た。

「もしかして、だけどさ。紅ちゃん、赤い色が苦手だったりする……？」

そう問われ、今度は紅が驚いてしまった。

「え!? ど、どうして先生、そのことを――」

「まぁ、一緒にいればなんとなくね。きみが赤いお菓子から目をそらしていたような気がして。紅葉とか、赤い菊とか、夏に試作した金魚とか」

「あ……そうだったんですか……」

とくに態度に出したつもりはないし、おいしく食べた気でいたのだが。やはり作り手であり、色彩感覚が鋭敏な大江にはわかってしまうものなのだろう。

「それから、祇園祭にもあまり行きたくなさそうだったし。その体質のせいで人混みが苦手なのかと思っていたけれど……山鉾のこともあったんだね」

そうだった。紅はあの鮮やかに赤いという祭りの主役に、どうにも近づきがたい気がしてしまったのだ。

「すみません……」

シュンとする紅に、大江はいつもの微笑で首を振った。

「謝る必要なんかないよ。誰だってそういうものはあるだろう。俺も万願寺《まんがんじ》唐辛子《とうがらし》は苦手だよ」

「えっ、おいしいのに」

「きみにかかればなんでもおいしいからなぁ」

大江にからかわれると、なんだかほっとしてしまって、紅はさっそく亥の子餅にありついた。ぷちぷちと弾ける粟の食感と香りが心地よい。

「ほらね」などと大江は笑ったが、それに続けて「明日は休んでいいから」とさりげなく告げる。

「きみ、ここしばらく休みがなかっただろう？　たまにはゆっくりするといい。店のことはいいから」

「え？　でも……」

「例の依頼のことも、気にしなくていいよ。ちょっと、考えてみたいことがあってね。それからゆっくり作ろうと思う」

にっこり笑ってそう言うと、大江は去っていった。柔和な顔をして、案外頑固なのがこの店主なのだった。これでは、明日店先に出ようものなら冷たい視線を投げかけられるだろう。

「……わ、私は……？」

急にぽっかり空いた休日の喜びよりも困惑が先に立ってしまった。自分にもなにかできないか？　考えてもわからないまま、夜半になってしまった。

「どうしよう……」

だらだらと布団を敷きながら、紅はもう一つの「赤」にまつわる幻影を思い出す。

それは紅玉のものとは違い、もう二度と視ることはない。触れるべき対象がすでにこの世から消えているからだ。

けれど、忘れたくても忘れられない記憶。

十年前、臨終の母の冷えていく手を握ったとき、紅の視界に飛び込んできたのはひたすらに赤だった。眼前に幔幕《まんまく》でも引かれたかのように、ほかの色はない。

母は肺病でときおり喀血《かっけつ》していた。二つの赤が、幼い紅の中で容易に重なり合う。紅にとって、それは死と分かちがたい色になった。

「やっぱり、赤は――」

好きになれない、と言ってしまえば、この名をくれた両親に悪いだろうか。

二

せっかくの休みだというのに、紅はいつもどおり夜明け前に目覚めてしまった。

毎朝大江が早くから菓子作りをしているので、それを手伝う合間に朝食を用意していると、あっというまに開店時刻の九時になってしまうのだ。

「ま、休みでも朝ご飯は作らないとね」

どこか自分に言い聞かせるように呟きながら、一階へ向かう。工房ではすでに大江が仕事を始めていて、そっと硝子戸を開けた紅に変わらぬ「おはよう」を言った。

「やっぱり起きてきたね。たまの休日くらいゆっくり寝ていればいいのに」

「いえ、そんなわけには！」

「俺は朝ご飯、食べたからもういいからね。昨日の鍋の残りを雑炊にしただけだけど。紅ちゃんのぶんもあるよ」

「えーっ！　すみません」

「いいんだよ、これくらい」

紅は途方に暮れてしまった。洗濯は自分のものをそれぞれやるだけだし、役に立ちそうなことは掃除くらいしかない。なにかやっておけば気が楽だから、店の前に毎朝吹き溜まっている落ち葉でも掃こう。閉めた硝子戸の向こうから、「せっかくだからどこかに出かけてきなよ。気をつけてね」という大江の声が響いたが、こういうときにどこへ行けばいいのか、紅にはよくわからないのだった。

表戸を開けると、夜の続きの闇に冷やされた空気が頬を刺した。立冬を過ぎ、日の出も日の入りも目に見えて遅くなっていく。白い息を吐きながら、紅は京都の初雪はいつなんだろうかと考えた。

「雪、かぁ……」

京都の雪はもちろん白いのだろう。どこでだって、白くない雪が降るとは思えない。降るとすれば、そこはもうこの世ではないのだろう。

「あら」

動かしかけた竹箒《たけぼうき》の先になにかきらりと光るものが見え、紅はしゃがみ込んだ。だが、拾い上げようとしたところで、反射的に指先がこわばってしまう。

一瞬、自分はまだ部屋で寝ているのかと錯覚した。なぜなら、それは赤い宝石を光らせる指輪だったのだ。

「……ち、違う……」

自分のものでは――母の形見ではない。紅のものは地金が金で、穏やかな丸みのある紅玉だが、これの地金は銀。そしてスッと立ち上がるような鋭角なカットをほどこされている。

「誰かの、落としもの……?」

真っ先に思いついたのは、常連の竹内《たけうち》スエさんだった。休業中から毎朝お供えの和菓子を買ってくれるおばあさんで、とにかく威勢がいい。黙っている時間はないのではと思えるほどの人だ。たしか、赤い木綿をていねいに縫い合わせた椿《つばき》の根付を竹籠に提《さ》げていた気がする。あまり飾らない人で、いつも質素な絣《かすり》の着物姿なだけに、あの赤はよく映えた。もしかしたら案外赤が好きなのかも。

だけど――もちろん年齢《とし》だから、和装だから指輪を嵌めてはいけないというわけではないが、あまりこれは彼女の雰囲気には似合わない。ほかのお客さんだって――。

「あっ」

そういえば、昨日来た「白い紅葉」の女の子。彼女も和装ではあったけれど、一番こういうものを持っていそうな気がする。なんと言っても貴い家柄の関係者なのだ。彼女自身の持ち物ではなくても、主人のものをたまたま預かっていたのかもしれない。

「そうだ、ここで野分さんと――」

ぶつかっていたではないか。指に嵌めていたのか、どこかに入れていたのかわからないが、その弾みで落ちたのだろう。

紅はもう躊躇せず、指輪を拾った。それは半ば確信的なものだ。奇妙な注文のことと、決して明かされない彼女とその背後の人について、知りたい欲求があった。

もしかしたら、こうして自分から「思い出の色」に近寄るのは初めてのことかもしれない。いつも迷惑していた「体質」でなにかを視たいと思うなんて――。

自分のちぐはぐな行動を悔いる間もなく紅の瞳が覗いたものは、きらびやかな室内風景だった。

金剛石《ダイヤモンド》ででもできているかのような、豪奢《ごうしゃ》なシャンデリア。黒光りするテーブル。グラス片手に談笑する人々。

だけど、紅の期待していたものとはどこかが違う。天井は真っ黒に塗りつぶされ、三方の壁は猩々《しょうじょう》緋《ひ》とでもいうべき鮮やかな赤だ。そこにびっしり並ぶ洋風の飾り棚には、見たこともない洋酒の瓶が並んでいる。そして、同じような赤の長椅子に腰かける人々もまた、どこかいびつな派手さをまとっている。

ほとんど泥酔状態の男たち。高価《たか》そうな背広を着込んで身なりは紳士だが、隣に座った袴に白エプロンの女性の肩を抱いたりして、かなり馴れ馴れしい。対する女性も、少なくとも表面上はいやがるそぶりを見せず、空いたワイングラスに濃い紫の液体を注いでいた。


「……あ……」

ほんの一齣《ひとこま》の風景に、星が瞬くような眩暈《めまい》をおぼえた。それを追い出したい一心で首を振ると、まだ暗い小路が戻ってくる。

「い、いまの、って……?」

まさか華族の邸宅ではないだろう。男の一人は財布から紙幣を出し、会計でもしようとしているところのようだった。だったら、飲食店――?

呆然と立ちすくんでいた紅だが、次の瞬間。

「ごめんくださいませ」

突然背後から声がかかったので、飛び上がってしまった。

「は、はい!?」

裏声とともに振り返ると、小路には昨日の少女が立っていた。人形のような顔立ちは相変わらずだ。だけど――。

「それ、返してください！」

「えっ……？」

「ですから、その紅玉の指輪です！　昨日、落としたみたいで」

「あ！　そ、そうだったんですね」

おはようと言う間もなく、尖《とが》った目でいきなり怒ったように迫られ、紅は気圧されてしまう。こんなに朝早くから探しに出るなんて、当然ながらよほど大事な宝石なのだ。それを紅に盗まれるとでも思ったのだろうか。

無言で右手を差し出してきた少女に、紅は戸惑いながらも、指輪を渡した。

「ありがとうございました。それでは明日、お菓子を受け取りにまいります」

目的のものをていねいに絹のハンカチーフに包むと、少女はようやく冷静さを取り戻した。深々と礼をして去っていった彼女が、数軒先の角を曲がるのを確認するまで、紅は息をひそめてじっと眺めていた。

あの子を、このまま放っておく気にはなれなかった。すぐに行かなければ見失ってしまう。だけど、追いついたところで何と言えば？　言いわけが思いつかない――。

少しの逡巡《しゅんじゅん》ののち、紅は意を決して一人頷く。

「すみません、先生。やっぱりちょっと出かけてきます」

工房には聞こえないだろう囁《ささや》きを残し、そっと暗闇の小路に足を踏み入れた。

極度の方向音痴の紅ではあるが、視力がいいことは数少ない自慢の一つだ。闇に浮き沈みする少女の牡丹色の袴を目印に、つかず離れず、できるだけさりげなくついていく。

やがて、東の空が白んできた。時刻は六時ごろだろう。ほとんどの家から炊事の物音を感じるし、新聞配達や通勤通学の人の姿も増えてきた。

人が適度にいれば、そこにまぎれることができる。見失わないよう少し距離を詰め、紅は少女に従い五条通《ごじょうどおり》を横切った。

藍《あい》の風呂敷一つを抱えた少女は、一定のペースを守りながら、ただ粛々と直線的な道路を歩いていく。こちらに勤務先の貴人の家があるのだろうか。それとも年齢的に女学校にでも通っているのか。

さまざまな想像が駆け巡ったが、紅は白いため息を少しだけ吐いてそれを打ち消した。

「違う……」

紅はうすうす勘づいていた。

彼女は、華族の関係者なんかではない。

それは、さきほど視た趣味のよくない「思い出の色」によりもたらされた確信だった。

あの風景は昨今流行《はや》りの「カフェー」だろう。若い女性を隣に座らせて酒を呑むという店。

紅は入ったことはないが、以前映画で観たのでなんとなくわかる。

そして、そこに座っていた女性の一人こそ――あの少女だった。成人にも見まがうほどのけばけばしい化粧をほどこしてはいたが、牡丹色の袴が同じだ。そして、その細い指でシャンデリアの光を反射させていた指輪も。

そんな店で働いているから、華族とかかわりがあるわけなんかない、というのはひどい偏見だろう。確かに、紅が通っていた女学校では、そういう店に入っただけで退学処分という暗黙の了解があったが、いまのところ法に反しているわけではない。

だけど、夜間にそうやって働いている少女が、日中にも華族の家で仕事しているという状況は、やはり不自然だと思う。そもそも、雇い主が本当に華族なら、ケチなことを言わずに学校くらい行かせてくれそうなものだが。

そんなことから感じる彼女の「嘘」に、紅は正直不信感を持ってしまっている。

やっぱり、自分たちは騙されている？　大江が今日真剣に取り組むはずのお菓子すら、「嘘」になってしまう……？

それを積極的に肯定したいわけではない。けれど――それでもなにかを見定めたくて、あとをつけている。

いつしか気温とは対照的に、肌が汗ばんできた。少女は市電にもタクシーにも乗らず、ひたすら歩いていく。日が昇り、行き交う人々の姿がくっきり映し出される。

「はぁ……。もう三十分くらい、かな」

太陽の感覚からして、それくらいは歩いただろう。気づけば京都市民の台所、錦市場《にしきいちば》を尻目に、東へ向かっているようだ。

とっさに出てきたのでなんの用意もしていないし、なにより目的地が不明という状況が落ち着かない。このまま鴨川を渡ることになったらどうしようかと紅が不安に思ったそのとき、ふいに狭い商店の軒先が途切れ、色鮮やかでハイカラな街が広がった。

京都随一の繁華街、新京極通《しんきょうごくどおり》だ。

一度、紅はここへ来たことがある。といっても錦市場での買い物帰りに道に迷っただけなのだが。そのときは昼間だったので、劇場や飲食店の数々の幟《のぼり》が目に眩しかった。まるで休日の浅草《あさくさ》のような喧騒に、人混みが苦手な紅は恐れをなして逃げ出してしまったけれど、いまは多くの店が眠りに就いていて、あのときと同じ街とは思えなかった。

「あ……」

たまたま、巨大な映画看板に描かれた女優の微笑に目を奪われた。だがその一瞬のうちで、紅は少女を見失ってしまった。

「……しまった!」

無人なのですっかり油断していた。どこかの小路か、店舗に入ってしまったのだろうか?

いずれ、十五、六の少女が本来立ち入るような場所ではないと思うのだが。

いや、もしかして勤務先のカフェーがこのあたりなのかもしれない。

「でも、どこなの？」

見える範囲だけでもカフェーはいくつかある。裏通りに入ればもっとだろう。紅は見当をつけた映画館脇の道に足を踏み入れる。湿っぽい暗がりに人影は絶え、上映作の看板だけがぽつんと立てかけられていた。

「こんなところに……？」

悩んでしまい、しばらく劇場の看板を眺めて立ち尽くしていた。そういえば、どこの映画館にも日本髪の同じ人が描かれている。いま人気絶頂の美人女優だ。紅が見ても最高級とわかる加賀友禅《かがゆうぜん》に身を包んでいる。それでも決して着物に負けていないのはさすがだ。芯のある整った――整いすぎとも思える顔立ちは、日本中で誰もが見とれているはず――。

「ん……？」

そこで、紅はふと体をこわばらせた。

なにかが背後にいる……忍び寄っている！　方向的に、見失ったあの少女ではない。最近新聞で見たいくつもの事件が脳裏をよぎる。

しまった！　怪しい裏路地なんかに入るんじゃなかったと、紅は痛烈に後悔した。

だけど、悩んでいる暇はない。紅はとっさに振り返ると、裂帛《れっぱく》の気合いとともに腰を落として猪突猛進した。すぐ後ろに黒ずくめの怪しい男が立っている。つかんだ腕の中に入り込み、凶器など使われないよう確実に背負い投げる。相手は悲鳴ともうめきともつかぬ声を上げ、小料理屋の生垣にひっくり返った。

「曲者《くせもの》!!」

息を切らしながら叫んだ紅だったが、路上に片方落ちた靴と、鳩羽色のフェルト帽子が目に入ると、血の気が全身から瞬時に失《う》せていった。

「あ……あなたは……!」

躑躅《つつじ》の生垣の上で海老《えび》反《ぞ》りになってもがいていたのは、黒い鳶を羽織った青年、野分だった。


幸い、野分に怪我《けが》はなかった。彼はくだをまく先輩につきあわされ、朝まで安いカフェーで呑んでいた。ようやく解放されて下鴨《しもがも》の下宿に帰ろうとしたとき、誰かを尾行する妙な女を見かけた。もちろんそれは紅のことだ。お人好しの野分は固唾を呑んでそれを見守り、いつ声をかけようかとためらっているところに、突然の攻撃が繰り出されたのだという。

「申し訳ありません!」

紅は、もう京都に来て何度目になるのかわからない謝罪を繰り返す。大江にはやんわりと、紅ちゃんはそそっかしいからよく確認するように、と注意されてばかりいる。お客さんと世間話をしていて商品を渡し忘れたり、釣銭を間違えたり……は日常茶飯事だ。そのたび大江にまで頭を下げさせてしまう。

「いやぁ、いいんですよ。紅さん――でしたよね。強いんですねぇ」

「そんな……勝手に勘違いして人を投げ飛ばすなんて……最低です！」

野分に微笑んでそう言ってもらったけれど、紅は亀のように首をすくめるばかりだ。

「ちゃんと生垣に落としてくれたじゃないですか。ところで、紅さんはどうしていまこんなところに？」

当然の疑問を投げかけられ、どう答えたらいいいか、少し迷う。

「いやー、お客さんのあとを追っていたら、見失っちゃって――」

あとを「つけて」いたとはさすがに言えない。

「そうなんですか」

頷いた野分だったが、あれ？　とばかりに周囲をキョロキョロ見回しはじめた。

「ど、どうかしましたか？」

今度はなにをやらかしただろうか。どぎまぎしながら紅が問うと、「あぁ、ちょっと荷物がどこかに行ってしまって……」と困ったように笑う。紅はまたしても青ざめて謝るはめになった。

「いや、貴重品ではないんですよ。黒い風呂敷包みです。ちょっと衣服が入っていて……」

野分は植込みの下を覗こうとしたが、二日酔いのせいか足元が少しふらついている。「私が見ますから！」と紅は制し、野分の鳶ごとその腕をつかむ。

そのとき、紅の眼前には果てしなく広がる海と、それを見下ろす棚田の光景が現れた。

「わっ――」

幻はほんの一瞬だった。白い棚田には無数の風花《かざはな》が舞い、海に半分隠れた朱《あか》い太陽の光を反射させている。無数の宝石のような輝きが紅の目に刺さった。


紅が突然身をこわばらせたので、野分もギョッとしている。

「だ、大丈夫ですか?」

「あ、はい。なんでも……」

父と大江以外に、この幻影のことは隠すことにしている。愛想笑いでごまかすものの、肝心の荷物は見当たらない。相当遠くへ吹っ飛んだらしい。

周りを一緒に探しながら、紅は野分を盗み見た。

素直に、野分が見せる「思い出の色」はいつも美しいのだと思った。たったそれだけのことなのだけれど、やはり、この青年が隠しているものはそんなに悪いものではないのでは、という気がする。

だったら大江の言うとおり、そっとしておくに越したことはない。きっと野分に依頼した貴人というのは、彼の大切な人なのだろう。それを詮索するのは下世話なだけだ。

「あら」

そこまで考えたとき、紅は躑躅のすぐ向こう側に黒い包みを発見する。安堵し、ひょいと手を伸ばしてそれを持ち主に返そうとした、そのとき。

紅の手元で荷物の結び目がゆるみ、中に入っていた血まみれのナイフとシャツがこぼれ出した。

「――!?」

とっさのことに硬直した紅の異変を察し、野分が「あっ」と叫んだ。

だが、それを上回る紅の甲高い悲鳴が、早朝の街に響きわたった。


「大変申し訳ございませんでした」

十分後。近くの喫茶室で頭を下げているのは紅と、野分の両方だった。

警官を呼ぼうとした紅をとっさに阻もうとした野分だが、あっけなく一本背負いされ、今度こそ目を回してしまった。力尽きる直前、彼は「……お、お芝居……」という譫言《うわごと》を残した。

騒ぎを聞きつけた人たちが、「女の子が強盗に襲われた！」とどんどん集まってきたので、紅はとっさに野分を引きずって逃げ出した。これではどちらが強盗かわからない。

「本当にすみません。まさか映画の撮影だったとは……」

冷や汗を流しながら紅がそう言ったとき、二人ぶんの珈琲《コーヒー》が届けられた。

朝からやっている数少ない店だということは、震災後の東京で雨後の筍《たけのこ》のようにできはじめた喫茶店の流れを汲む、茶寮の一つらしい。珈琲一杯十銭。酒を出すカフェーとは異なるので、ここには隣に座る女性もいない。野分が最前までいたのはそういうカフェーらしいが。

「こちらこそ、変な誤解をさせてしまって。実は昨晩エキストラとしてチャンバラ映画に出演したんですが、この近くだったもので、さっさと着替えてみんなで呑もうということに……」

気まずさから肩を縮める野分を和ませようと、紅は微笑んで言った。

「でも、すごいですね。映画の撮影なんて夢の世界みたい」

「実際にはきついし厳しいいし、あんまりいいことなんてありませんけどね。僕なんて雑用に雇われただけのアルバイトだし、役者を目指すライバルは山ほどいるし」

野分は、どこか遠くを見るようだった。

「でも、有名な女優さんとも会えたりするんでしょう?」

紅が励ますつもりで言った言葉だったが、野分はふとカップを持つ手を止めた。

「ええ……。もちろんありがたい経験ではあるんですけど、つらいこともあります、ね」

「そう、なんですか……」

ふいに、お人好しそうな丸顔が見せた憂うような微笑に、苦労の影がしのばれた。

「……私、静閑堂で働くために、東京から来たんです」

思わず紅が言うと、野分は少し驚いたようだった。

「えっ？　京都の学校に入るとか、親戚がいるというわけではなくて？」

「そうなんです。先生――大江店長のお菓子に憧れて。最初はいろいろあって、一度は諦めて東京に帰るはずだったんですけど、幸運に恵まれて、いま、働けています。そりゃ、ドジばっかりだしお菓子の種類も覚えきれないし、落ち込むこともたくさんありますけど……」

紅は一息に苦い珈琲を飲み干すと、野分の瞳を見据えた。

「私がいまここにいられるのは、野分さんのおかげだと思ってます」

それは、いくつかの偶然が重なったおかげで、大江の「青」を見つけることができたからだと、紅は信じている。そのうちの一つが、野分の刈安色の帽子なのだった。

だけど、ことの顛末《てんまつ》を知らない野分は、ふふっと笑う。

「そんな、大袈裟《おおげさ》ですねぇ。僕はただ道を探しただけですし、僕がいなくても紅さんはきっと自分でお店にたどりついていましたよ」

「あっ、いえ、そうじゃなくて――」

紅は言いかけたが、言えないことだったと気づいてもごもごと口を閉ざした。それに気づくことなく、野分は笑みを少しだけ深めた。

「でも、そう言ってくれて素直に嬉しいです。じつは僕も、ある人に憧れて単身故郷から出てきて……映画の世界に飛び込んだんです」

「そうなんですか?」

「はい。最近、京都に続々と撮影所ができていることはご存じでしょう? そのうちの一社、大正《たいしょう》キネマ社で働いているんですけど——」

「わぁ、すごい……」

大正キネマなら、紅もよく知っていた。その名のとおり新興の映画会社ではあるが、稀代《きたい》の看板女優を抱え、飛ぶ鳥を落とす勢いでヒットを連発している。

「でも、のめり込みすぎて学業との両立が難しくなって……。じつは、しばらく前に大学を辞めちゃったんですよねぇ」

気まずい苦笑とともに野分はそう明かした。

「そ、そうだったんですか……」

「もう学生じゃないなら早く出ていけと下宿先からはうるさく言われているし、なにより故郷の家族になんと言ったらいいか……」

「まだ、言えていない……?」

「ええ。仕送りも食いつぶしちゃいましたよ。俳優さんたちとの飲み会も多くって……僕はカフェーなんて柄じゃないのに。田舎じゃあんなのなかったですし」

「もしかして、その鳶コートも故郷から?」

紅はふいに思いついてそう訊いた。鳶に触れたときに視た景色から連想しただけだったが。

「そうです。ばあさんが、『せっかく京大生《きょうだいせい》になるんだから』って、先祖代々の羽織りを仕立て直してくれて……」

野分は天下の京都帝国大生《きょうとていこくだいせい》だったのか。大学生というだけでも世間的にはエリートなのに、現在日本の内地に五つしかない帝国大生とは、本来なら紅が知り合うはずもない雲上の人だ。

だが、それならなおさら家族には言いにくいはずと慮《おもんぱか》った。

「野分さんのふるさとは、きっといいところなんでしょうね」

棚田の風景を思い出しながら紅が微笑むと、野分は照れたのか顔を赤くした。

「いやぁ、石川《いしかわ》県の金沢《かなざわ》近くの漁村ですよ。なんにもないですけど、まぁ、魚も米もおいしいし、確かにいいところかな」

「じゃあ、やっぱり夕日がきれいなんですね」

紅が発した「やっぱり」の微妙な不自然さに、野分が気づくそぶりはなかった。

「すごいですねぇ。紅さん、まるで見てきたみたいだ」と、尊敬のようなまなざしを向けてくる。紅はギクリとするとともに、後ろめたさをおぼえてしまった。

「もしかして、お菓子の依頼主っていうのは俳優さんですか？」

つい、詮索のような質問をしてしまった。野分に憧れの人がいると聞いて、紅の中ではそれらが結びついたのだ。

だけど、野分がまたせつなそうな笑みをこぼしたので、どきりとしてしまう。

「ええ……。正解ですよ。女優の――霧峰銀子《きりみねぎんこ》さんです」

「きっ……!? 霧峰銀子!?」

その名を聞いて、紅は思わず腰を浮かしてしまった。野分が「しーっ！」と中指を口に当てる。紅はそおっと周りを見渡しながら座りなおした。幸運にも、客は洋風アーチ窓に近い席にいる紅たちだけだった。

だけど、我ながら驚いたのは当然だと紅は思う。

霧峰銀子といえば、当代人気の女優の一人――いや、間違いなくトップに君臨する女王のような存在なのだ。大正キネマから十代なかばでデビューして約十年、数えきれないヒット映画を生み出し、街角でも新聞でも彼女を見ない日はない。

ついさっきだって、紅は彼女の顔の看板を山ほど見つけたのだ。淑《しと》やかで冷涼な顔立ちと表情。すっと通った鼻梁《びりょう》。艶のある唇。紅とは正反対の美しさを眺めていると、羨ましさや妬《ねた》ましさなど通り越して、なんだか拝みたいような気になってくる。

「じゃあ、野分さんが憧れた人っていうのも――」

「霧峰さんです」

野分はそっと声を落としながら教えてくれた。

「内密にお願いしますね。僕は先月まで霧峰さんの付き人だったんです」

「えぇーっ……」

紅は抱えてしまった秘密の大きさに圧倒されながら頷いた。

大変なことになってしまった。大江に言いたい気持ちでいっぱいだが、それは駄目だ。もし知ってしまえば、大江は緊張してしまってうまく作れないかも……と思ったが、紅でもあるまいし、あの店主はそんな小心者ではないだろう。

それにそもそも、大江は霧峰銀子の名前も知らないかもしれない。食事中など、紅がいくら俳優や映画の話をしても、「そうなんだ」と微笑して頷くばかりの大江だった。もしかしたら長年和菓子一筋の彼は、映画を観に行ったこと自体、ないような気もする。

「……じゃあ、霧峰さんはどうして『赤い雪』のお菓子を……？」

紅がおそるおそる問うと、野分はやはり答えにくそうに目線を下げてしまった。

「いやぁ、それは――」

「言えないですか……？」

紅はしばらく悩んでしまったが、やがて意を決して、「野分さん」と言った。

「『白い紅葉』って、知っていますか？」

別々の和菓子の注文が、ちぐはぐなようで妙な符号を示している。彼はなんらかの反応をするのでは――と内心予想した紅だが、「え？　なんですか、それ」とあまりにも間の抜けた答えが返ってきたので、拍子抜けしてしまった。

「……ほ、本当にわかりませんか？」

「すみません、僕は理学部だったもので、文学作品にはとんと疎くて……。映画のタイトルだったらわかるんですけどね。そんなものはないですよね」

「はぁ、映画でも文学でもなくてですね……」

「じゃあ、なんなんです？」

「だからそれを知りたいんですよ」

「んん？」

野分は純粋にふしぎそうな顔をしている。これが嘘なのかどうか、紅には見抜く自信がない。それに、これまでの会話の中で、なにかが頭の隅に引っかかっているような——？

「……あ」

だが、紅が考え込んだのは数秒だけだった。なんとなしに顔を向けた窓に、そのまま視線が釘づけになってしまう。

「どうかしましたか？」

野分の怪訝な声も耳に入らない。つられた野分も窓に目をやって、「あぁ、もしかして、昨日の……」と呟いた。

見失ったはずの少女が、再び新京極通を歩いていたのだ。

「あーっ!!　ちょっと、い、行ってきます!!」

紅は思わず叫び、席を立った。

「え？　どうしたんです!?　紅さん！」


繁華街はまだ朝の気怠《けだる》さに包まれてはいるものの、徐々に営業する店が増えてきた。いったいいま何時だろうか。朝から珈琲しか入れていない紅の胃袋が不平を言いはじめた。

それを手で必死に抑えながら、紅はさきほどよりも慎重に距離を空け、少女の後ろを歩く。見失っているあいだに着替えたのだろう、彼女は海老茶《えびちゃ》色の袴と、後ろで束ねた艶やかな髪を揺らしながら歩いていく。その胸には大きめのなにかが入った風呂敷。通学というよりはおつかい、という様子だ。

「あのう、これはいったい――」

「しーっ！」

なりゆきでついてきた野分も、事情を知らないなりに「尾行をしている」ということだけは理解したらしく、無言で紅の隣を歩いている。帽子を目深にかぶり、ふいに少女が振り返りそうになると、さりげなく背中と鳶で紅の姿を隠してくれた。

「すみません、野分さん……」

紅が感謝と謝罪の入り混じった声でそう言うと、「いいんですよ」と微笑む。

「お菓子のツケの踏み倒しですか？　取り立て、協力しますよ」

「いえ、そんな物騒なものじゃ……」

なにか大きな勘違いをされている気がする。紅はこれをどう説明しようか——そもそも説明したほうがいいのか——しばらく悩んでいたが、そのあいだに少女は素早く一軒の商店へと入っていった。

紅は野分の肩越しにその看板を確かめる。『酒店』の文字があった。

「お酒……」

「あ、もしかして大事に抱えていたものは徳利《とっくり》かな」

野分に言われ、ようやく腑に落ちた。

酒屋にはそれぞれ屋号入りの大きな徳利が用意してあって、酒が欲しければその中に注いで渡してくれる。家でそれを呑みきれば、また徳利を持っていけばいいのだ。通い徳利とも貧乏徳利ともいって、紅もたまに父のおつかいで運んだものだが、普通はそんなものを風呂敷などで隠さないので、ピンとこなかった。

「まさか、あの子が呑むわけでもあるまいし……」

もしかして、勤め先の店で使うのだろうか？　あんな派手な店なのに、貧乏徳利で酒を仕入れていると客に知られるのはまずいかもしれないが……。

通行人が来たので、野分は紅を路地に押し込んで隠した。二人で店を見張っているのは不審すぎる。また騒ぎになってはたまらない。

「……『白い紅葉』は、あの子が注文した和菓子の内容です」

漆喰の壁に手をついて、意外なほど近づいた野分の耳元で囁くように、紅がそれを教えた。

「『さる貴人』が一つだけ、明日欲しいそうなんです。秘密ですよ」

「え……？」

お客さんの情報を勝手に教えたなんて、大江に怒られると思う。だが、野分は紅に秘密を教えてくれた。そのお返しというわけではないけれど、彼の中で二つのことがらが交われば、なにか新しいことがわかるかも、という期待があった。

しかし、野分は怪訝そうな表情のまま、微動だにしない。紅の顔と数十センチの距離を保ったまま、なにかを猛烈に考えている様子でもあったが、やがて観念したように、「……どういうことですか？」とこぼした。

「僕のお菓子の注文については、ほかに誰も知らないはずですよ。それに、知っていたからといって、どうしてそんなものを真似《まね》する必要があるんです？　さらに、言葉をひっくり返すなんて……」

「言葉を、ひっくり返す……」

紅は野分の台詞を反芻した。確かに、「赤い雪」と「白い紅葉」。二つの注文は一つの景色を鏡で反転させたようだ。それはあたかも、フィルムのネガとポジ。

だけど、そこにどんな意味が？　片方の当事者すら把握していないのに。

「いま、霧峰さんは京都にいないんですよね？　そこでまた別の誰かにお菓子を頼んだということは考えられませんか？　それが、なにか間違って伝わったとか……」

可能性があるとすれば、それしか考えられない。野分は霧峰の一挙手一投足を見張っているわけでもなし、さらに彼女は大女優で、関係者は常に多いだろう。目立ってしまうので、自分でお菓子を買いに出るわけにもいかないと思う。

だが野分は、「それはないです」と言った。

「『赤い雪』は、霧峰さんにとって特別なお菓子だったそうですから……」

「……野分さんは、その光景を見たことがあるんですか？」

紅はどこかすがるような視線で尋ねた。

「目が眩《くら》むほど強い光の輪の中を、赤い雪が絶え間なく降り注ぐ……そんな景色を、知りませんか？」

それは紅が野分に触れて視たものだった。今回の注文の核心ともいえる内容なので、きっとまた彼は答えてくれないだろう。そう思ったが、野分は意外なほど優しい瞳になり、「知っていますよ」と言った。

「紅さんはやっぱり鋭いんですねぇ。それは霧峰さんの最新主演作、『四季《しき》がたり』の一齣です。先週封切られたばかりなんですが、もうご覧になってくれたんですね」

「あ、いや、すみません。ええと、友達が観たんです……」

紅は苦しまぎれにごまかした。あれは映画のワンシーンだったのか。モノクロームではなくて、赤い色まではっきり見えたということは、野分もその撮影に居合わせていたのだ。

「あのシーンは、霧峰さんが是非に、と監督に懇願して入れてもらったんですよね。なにか、思い出があるらしくって」

「そうだったんですか……」

だったら、明日霧峰本人に会えればすべての疑問が解けるだろうか。だが、一庶民である紅が大女優に会えるとは思えない。野分に頼めば骨を折ってくれるかもしれないけれど、これから出世を目指す若いアルバイトの彼に、無茶を言うのは酷だろう。

「あっ、紅さん」

酒屋から少女が出てきた。やはり酒を買ったようで、さきほどよりも重たそうに風呂敷を抱えている。ほかに寄り道はしないとみえて、もときた道を引き返しはじめた。

二人は無言になり、その後ろをそっとついていく。やがて少女はいくつ目かの角を曲がっていった。さきほど紅が見失った劇場の、もう一つ向こうの道だった。

コンクリート造りの雑居ビルの隙間に、そのか細い道はあった。ごみを入れる木箱が雑然と並ぶ隙間をすり抜けて進むと、はたと行き止まりに突き当たってしまった。

そこにあるのは、いまにも崩れそうな長屋の廃墟だけだ。

「……え？　ここ？」

間に合わせの補修を繰り返してつぎはぎ状になった木の壁と、雨染みで黄色くなった破れ障子。震災の復興途上にある東京では、これ以上のバラックなどいくらでも見てきたが、ここは年季の入り具合が違う。

「あれ？　この道じゃなかったのかな。だって、あの子は華族の関係者じゃ――」

野分が混乱しながら放った言葉の途中で、「そうよ」と凛とした声が響いた。

と同時に、目の前の障子戸が開き、竹箒を構えたあの少女が半歩踏み出してくる。

「わっ――」とうろたえて後ずさる野分を、少女が強い口調と瞳で追い立てる。

「さっきから騒がしくしているのはあなたたちね？　朝っぱらから取り立てご苦労さま！　だけど、返済期限は月末のはず。これ以上因縁つけられるいわれは――」

「あの、違います！　私たちは借金取りじゃなくて！」

いまにも箒でぶたれそうな野分の前に紅が立つ。少女はここにいるのが和菓子屋の販売員と気づいたらしく、拍子抜けしたような、困った顔になった。

「えっ……。どういうこと？」

「勝手な真似をして申し訳ありません！」と、紅はこれ以上彼女を刺激しないよう謝罪した。

「ちょっと、お客様にうかがいたいことがありまして……」

そうは言ったものの、言葉が継げない。あれこれ考える紅に、少女はアハハと乾いた笑いをぶつけた。妙に世間ずれした、嘲るような笑み。西洋人形の清らかな面影などとうに消し飛んでいる。

「それってもしかして、あの赤い指輪のこと？　変だと思ったわけね？　子供が持っているわけないから、どこかで盗んだと思ったんでしょ？」

「ち、違います！」と焦る紅だったが、少女は嘲りを侮蔑に変えて、「おあいにくさま。あれは本物の宝石じゃないわよ。だけど、大事な人からもらったの」と言う。

「お姉さん、どうせ気づいているんでしょう？　わたしが夜通しカフェーで働いているって。酒と香水臭いし、指輪を返してもらったとき、昨日と同じ服装だったものねぇ」

「カフェー？　そんな、だってまだ――」

子供じゃないか、と野分が言いかけたことはわかった。けれど、世界大戦終戦の反動と、震災から波及した昨今の不景気は深刻なのだ。こんな話はいくらでも転がっているだろう。途中で彼もそれを理解したようで、ぐっと押し黙った。

「だからやっぱり、信じてくれなかったわけでしょ。『白い紅葉』のこと」

「いえ、そんなわけじゃないんです！　ただ――」

「どうせ、憐れんで説得に来たんでしょう？　あんな仕事辞めなさいって。だけどね、わたしは正当な理由があってやってるの」

少女が挑発するように言った。その唇には、年齢不相応な艶やかな笑み。そしてその奥にあるのは敵意だった。返答次第では、二人まとめて叩き出す気概が見え隠れしている。

「説得なんかしません！　私は、お客様のご注文を信じたいから来たんです！」

紅の言葉に、少女は少し意外そうな顔をして、箒を持つ腕の力をゆるめた。

「失礼なことをしましたが、私なりに『白い紅葉』について知りたいことがあったんです。決して、お客様のことに立ち入るつもりじゃなくて――」

だが、その先が伝えられない。野分が「内密に」と言った内容と重なってしまうからだ。言葉を詰まらせてしまった紅を侮るように、「じゃあどういうつもりなのよ」と言った。

「またわたしたちを追い出す気？　落ちぶれただの、ごくつぶしだのってさんざん馬鹿にしたあげくに泥棒の疑いをかけて、どこにもいられなくする気でしょう!?」

少女の瞳には涙が浮かんでいる。かつてよほどつらい目に遭ったらしい。

「同情なんかいらないから、これ以上関わらないで！」

紅の悲しい顔に、かえって少女は感情を昂《たかぶ》らせてしまったようだ。箒の先が再び上がった。

「わたしたちの生活を壊さないで！　これ以上傷つけないで！　せっかく東京から逃げてきたのに……明日には笑ってくれるって信じているのに……！」

「わたし『たち』……？　少女が背負っているものの大きさを感じ取り、紅は一歩近づく。

「あ、あの！」

どうにか対話しようと試みたが、紅の言葉はすでに耳に入らないようだった。振り回された箒が、紅の鼻先をかすめた。

「もうよろしいです。注文でしたら別の店に頼むから！　噂されると面倒だからできるだけ小さい店を選んだのに、まさか家までついてくるなんてね!!」

　そのとき――。

「お菓子の依頼主という方は……霧峰銀子さんと旧知なのではないですか？」

　紅を庇《かば》うようにして少女との間に立ちふさがったのは、野分だった。覚悟を決めたような、どこか悲壮な表情で少女と目を合わせている。

「昨日、静閑堂でぶつかりましたね。その直前に僕が注文していたのは、あの方が所望《しょもう》した『赤い雪』の和菓子です」

「野分さん……！」

　あれだけ隠したがっていた秘密を自分で暴露したのは、きっと紅のためだった。紅はその気持ちをありがたく思いはしたが、同時に彼がなにか大切なものを失ってしまったのではないかと危惧した。

「赤い、雪……？」

　少女は箒を振り回すことも忘れ、野分をじっと見ている。だが、それはなにかが核心に触れたというよりは、不審と怪訝のまなざしだ。その口からこれ以上のことは出てこないだろうと紅が漠然と思ったとき――。

「それは、本当ですか？」

開け放たれた障子の向こうから声が響いた。

静まりかえった長屋に、ほかに誰かがいるとは思っていなかったので、紅は肩を震わせて驚いてしまった。野分も同様で、「わっ！」と小さく叫んでいる。

その低い声の主は男性だった。若くもなく、老いてもいない。やがて室内の暗がりからぬっと現れたのは、無精髭《ぶしょうひげ》を生やした三十がらみの大柄な男だ。

その格好は、夏に会った大江よりも数段だらしなかった。乱れて垢《あか》じみた着物と、酒に酔っているのかふらつく足元。髪の毛も髭も最近整えた気配がない。上《あ》がり框《かまち》から足でも踏み外すと思ったのか、少女が小さく「お兄様！」と叫んで彼のもとへ走った。

なにを言えばいいかわからない紅と野分に向かい、男は存外しっかりした口調で話した。

「霧峰さんのことは、よく知っていますよ。……いや、知っていた、かな……。妹に和菓子を注文させたのは自分です」

三

翌朝、紅は開店準備をしながら、昨日のことをぼんやりと思い返していた。

男は松中《まつなか》と名乗った。野分とのあいだで暗黙に示し合わされていることでもあるのかと紅は期待したが、そのような話もないうえ、本当に彼らは初対面のようなのだった。それなら互いに質問の一つでもしそうなものだけれど、あえてそれを避けるように早々に別れたことも気になった。ただ、二人の男はこう約束したのだ。

「明日の朝十時、静閑堂で」と。

店を待ち合わせ場所に使うのはもちろん客の自由だし、実際によくあることなのだと思うけれど、紅は戸惑ってしまった。なんだか話が大きくなってきた。霧峰銀子だって訪れるかもしれない。大江にはどこまで話せばいいのだろう？

悩みながらそろりと帰ってみれば、大江はそんなことなどどこ吹く風で店先に立ちながら、「いいお菓子を閃《ひらめ》いたよ」と笑っていた。どうせ紅も答えはわからないし、余計な水を差すのも悪い気がして、霧峰銀子のことは言えずにいる。まぁ、言ったとしても大江は彼女の名前に興味はなさそうだけれど。

ただ、例の二組の客には共通の知人がいたこと。そして明朝十時に店で待ち合わせることを伝えると、大江は動揺も見せず、「やっぱりそう？」と微笑んだのだった。

「ごめんくださいませ」

約束の十分前。先に到着したのは松中兄妹だった。兄は、昨日とはうって変わって灰《はい》色の背広に身を包み、髪も髭も整えていた。無理矢理ついてきたといった様子の妹は、蘇芳《すおう》色の袴と編み上げブーツ。化粧はしておらず、意外と素朴な目元が幼く見える。実際は十五よりも下なのかもしれなかった。

「改めて、このたびはお世話になります。自分は松中泰吾《たいご》と申しまして、俗にいう事業家というやつです。まぁ、震災で会社がつぶれて全部失ってしまいましたが」

帳場の畳に座ると、まず兄がていねいに挨拶をした。妹のほうは警戒するような表情を崩すことなく、「ただの無職じゃありませんことよ。これでも子爵の称号を持つ華族です」とつけたした。兄の泰吾は気まずそうな愛想笑いを浮かべ、「こら。こっちは異母妹のスズです」と紹介する。

「華族とはいえ、いろいろあって貧乏暮らしで……。こんな幼い妹に頼る身です」

「わかりますよ。貧窮はやるせないですよねぇ」

濃いめの煎茶を出しながら、大江が感慨深げに同調している。つい最近までの自分の姿が重なるのだろう。

「静閑堂さんのことは、この妹から聞き及びまして。なんでも日本一の和菓子屋だと、新京極界隈で有名だそうですね」

「えぇ?」

大江と紅はキョトンとして顔を見合わせた。再開にあたってとくに宣伝は打っていないし、そもそも紅にはそんなことを吹聴する伝手も知り合いもない。大江も同じようなものらしく、狐につままれたような顔をしている。

「嘘じゃありませんけれど」

それを見たスズがつっけんどんに言った。

「カフェーの同僚に聞いたんです。その方は、別のカフェーともかけもちしていて、そちらでお客さんから聞いたと言っていました」

「どういうことだろう……」

客商売にもかかわらず宣伝や派手さを嫌う大江は、真剣に悩んでしまっている。だが、そこまで聞いて紅には嫌な予感がした。

「あのぅ、そのかけもち先のお店の名前っていうのは――」

「ええ。書店の隣の『活動寫眞《かつどうしゃしん》』です」

「活動寫眞……!?」

そこに、からりと表戸が開いて洋装の青年が現れた。黒い肩かけ鞄と鳶の野分だ。霧峰も一緒かと紅はやや身構えたが、幸か不幸か彼一人だった。

少し残念なような気持ちで、紅は野分に挨拶抜きで話しかける。

「野分さん、『活動寫眞』ってお店ご存じですか?」

「こんにちは――え？　あぁ、もちろんですよ。先輩とよく行く安いカフェーです」

世間は狭いと言うべきか。紅は脱力したが、なにか言う間もなく隣の大江が野分に向かい、「最近妙に忙しいのは、きみのせいか！」と半泣きで訴えた。


そもそも野分に「静閑堂は日本一の和菓子屋」と大見得を切ったのは紅なのだが、そこまで遡ることもないだろう。それを言うなら、紅を感動させたお菓子を作った大江のせいということになる。つまり、大江の腕がいいのは本当ということなので、なにも問題はない。

話についていけない野分に苦笑して、大江は工房へ注文の和菓子を取りにいった。野分は松中に自己紹介され、貧乏長屋で朝から呑んだくれていた男が華族だったと知って仰天している。

そこに、大江が黒漆の盆を持って現れた。

「お待たせいたしました。こちらがお二方の特注品です」

紅はすでにそれを知っていたけれど、ほかの三人の後ろからそっと首を伸ばして覗き込む。

そこには、白磁の銘々皿《めいめいざら》に載った二個の和菓子があった。

「これは――」

全員が同じことを思ったのだろう、無言で大江の言葉を待っている。店主は一つ頷き、「ご覧のとおり、二つは同じものです」と言った。

そう。それぞれの皿の和菓子は、降り積もった紅葉の上に小雪が薄く舞うという意匠の――まったく同じものだった。

「菓銘は『霜紅葉《しももみじ》』――としてみました。栗を入れた蒸羊羹の上に、そぼろあんにした赤い練切を敷き詰め、楓《かえで》の形の練切と、氷餅を砕いた雪を降らせたものです。氷餅はご存じのとおり、餅を冬の寒さで凍結乾燥させたもの。それを作った雪や霜を写し取ったような、ふしぎな食材です」

それは晩秋、もしくは初冬の森の絵画。

長方形のキャンバスで半透明にきらめく氷餅が、雪をほのかに赤く、そして紅葉を霜に覆われたように白く透過させている。それを見ている人の息の白さまでもが、紅には感じ取れるような気がした。

「赤い雪と白い紅葉――それは別々のものじゃなくて、同じお菓子だったんじゃないかと思いまして。それは、一つの風景を別の言葉で表しただけのこと……まるで合わせ鏡のように」

「そう、だったんですか……？」

紅は注文主たちを交互に見る。松中子爵はどんな反応も示さず、じっと霜紅葉に視線を合わせていた。いっぽう野分は、ややあってからかすれた声で、「これ、あのシーンです」と呟いた。

「霧峰さんが要望した、『四季がたり』のワンシーンに……よく似ています！　紙で作った紅葉を散らして、上から削った氷をかけて雪に見立てたんですが……そう、紅葉が透けて、赤い雪みたいに――」

「やっぱりそうでしたか」と、大江は穏やかに言った。

「一昨日、野分さんがいらしてたときに、鞄から『四季がたり』のビラと『カフェー・活動寫眞』の燐寸箱が見えたんです。だから、京都に多い映画関係者なのかなと、単純に思ったまでで」

「先生、じゃあ封切られたばかりの『四季がたり』をご覧になってたってことですか？　いつのまに――」

紅が驚きの声を上げると、大江は苦笑とともに頭を掻いた。

「いや、恥ずかしながら新聞をめくって映画欄の評を見ただけだよ。俺は難しいことはわからないけれど、一番いいシーンとして何人もの記者がそこを挙げていたから……。じつは、映画っていうものを一度も観たことがなくてね……」

照れつつ告白する大江に、紅は内心「やっぱり」と思ったけれど、映画人である野分は絶句してしまった。

「うっ、嘘でしょ……!?　大正十四年にもなって、そんな人がいたなんて……!!」

まるで滅びた古代生物でも見るような目になっている。

確かに、映画はいま人々の一番の娯楽だが、野分はとくに、幼いころから慣れ親しんできたのだろう。大江が十歳から和菓子を作り続けてきたのと同じように。

「もちろん、当て推量です。だけど、それは別れ別れになっていた思い人たちが再会する場面だと知って、純粋に好ましいと思ったんです。それを自分の手でも表現してみたくなりました……依頼主たちの心がどんなものかはわかりませんでしたけれど、僭越《せんえつ》ながら少しでもそれがどこかに届けばいいなと思いました」

いかがでしょうか？　と控えめに問われ、子爵はずっと閉ざしていた口を開いた。

「……ありがとう……。これで、間違いないです。かつて、田辺秀子《たなべひでこ》さんと食べたお菓子は」

紅はその名前を知らなかったけれど、きっと「あの人」に違いないと思った。

その名が出た瞬間、野分は勢いよく顔を上げ、「本当ですか？」と問うた。

その目のふちは少し赤らみ、そして声までもが頼りなげに震えている。

「松中さん。あなたも、これを——？」

「あぁ。秀子さんと自分は、若かりしころ恋人同士だった。だけど、身分の違いから結婚することはとうてい叶わなかったんだ。親の許しが得られないから、婚姻の届けなど出すこともできなかったし、自分には会社や家など……守るものが多すぎた。だから彼女は、別の道へ進んで——」

それきり二人の恋路は終わったと、子爵は遠い思い出を語った。

「その後、自分はがむしゃらに勉学に励み、大学を出、仕事に打ち込んだ。そうして会社を成長させ、次々に目標を達成して——」

早回しのフィルムのごとくに過ぎていく日々の中。関東を未曽有の大震災が襲った。

「あらゆる債権が焦げつき、会社は消えた。事業の後始末や社員の再就職などに奔走し、気づけばもう二年になっていた。なにもかも失って、生まれ育った京都に帰ってきて……そしてふと思い出したんだ……。もう少しで彼女の誕生日が来ると」

輝いていた十代のその日。恋人たちは嵐山《あらしやま》へ紅葉狩りに出かけ、たまたま入った茶店《ちゃみせ》で思いのほか美しい菓子に出会った。それが、「赤い雪に白い紅葉」の和菓子だった。

「うちの厳しい両親に知られると大変だったから、二人で出かけたのはその一度きりだった。京都に帰ってきてずいぶん探したけれど、もうその店もなくなって……だからこそかな、その思い出がひときわ鮮やかに残っていたんだ」

子爵はゆっくりと顔を上げた。

「その後、大正キネマのオーディションを経て華々しくデビューした彼女は、美しく多才な『霧峰銀子』になっていた」

それはまるで羽衣をまとった天女のようで、もう京都の貧しい町娘の面影などどこにもなかった。

銀幕でそのまばゆい姿を見た瞬間、彼は悟ったのだ。

「もう、二人の世界が重なることは二度とない、とね」

子爵は語り終え、長い長い吐息を一つついた。まとわりつくなんらかの思いを、消し去ろうとしているように。

「そんなことが……」

話を聞きながら、野分は俯いて肩を震わせていた。そうしてようやく上げた瞳からは、大粒の涙が溢れ出していたのだった。

「……すみません。僕、は――」

彼はしばらく嗚咽《おえつ》していたが、やがて袖で涙をぬぐい、黒い帆布の鞄から大判の帳面のようなものを取り出した。

違う、それは紫の風呂敷に包まれた――。

「……霧峰、さん？」


映画と同じように、モノクロームの中で嫣然《えんぜん》と微笑む霧峰銀子の遺影がそこにあった。

「先月、急病であっというまに……。会社からは、まだ世間に公表していないので誰にも言うなと……」

「そ、そうだったんですか……？」

紅は唖然とするしかなかった。つい昨日、街角のいたるところで彼女の麗しい微笑みを見たばかりなのに。すでにその心身がこの世から霧のように消えていたなんて。

そしてようやく、野分がなにかを隠していた理由と心情を理解することができた。

「先月まで霧峰の付き人だった」というのは、彼女の死によってその関係が終わったことを意味していたのか。

「霧峰さんは亡くなるまぎわ、僕を招いて囁いたんです。『もしも私が死んじゃったら、誕生日にお墓へあのきれいなお菓子を供えてね』って……」

『来世でね、一緒に食べたい人がいるのよ』

それは赤い雪の和菓子だったのと、彼女はもうろうとする意識の中で伝えた。まるで、それが死出の旅路の唯一の希望であるかのように。いまにも閉ざされそうな瞼の奥で、その瞳はふしぎなほどに澄んでいた。

「ふだん、あの方は徹底した実利主義者といいますか、あまり夢や望みや、直接に意味のないことを語らないタイプだったもので、僕は少し意外だったんです。だけど、もしかしたら本当は……そういう自分をあえて封じて仕事に打ち込んできた気もします。それは、お相手の方がすでに亡くなっておられたためかと勝手に思っていたのですが……生きて別れたときのほうが、かえって決意は強まるものかもしれません」

野分はそう言ったまま再び俯いた。彼が子爵の顔を見ることはない。見られないのかもしれなかった。

　子爵はじっと黙っていた。けれど、その眼に宿っていたものは悲しみというよりは、覚悟に近いような気が、紅にはした。一粒だけ、そこから光る真珠が落下していった。

「そうか……。秀子さんが……」

　すっかり冷めた茶碗を両手に包んだまま、子爵は声を発した。

「自分は、秀子さんが今日現れないことはわかっていたよ。彼女は……強い人だから」

　聞きながら、どうしようもなく悲しくなってしまい、紅も掌で目をこすった。

　子爵が元恋人に抱き続けた思いを、彼女もどこかに忍ばせていたのだろう。まるで合わせ鏡のように。決して現実には表出しないその心こそが、羽化するがごとくに変わっていった霧峰銀子の決意だった。

　もう、二度と戻らないと。

「けれど、亡くなってしまったとはなぁ……」と、子爵は再び長い息をついた。

「彼女の誕生日である今日に、それを知ったのもまた定めと言おうか。自分のことばかりしか考えていなかったから、少しは周りを見てみろということかもしれないな」

　ありがとう、と誰にでもなく言いながら、子爵はコートをたぐり寄せた。

「すみませんが、この『霜紅葉』を包んでくれませんか。彼女を偲《しの》べる場所でいただこうと思います」

「あ、はい……」

「次は来世で食べましょうと、約束したんだったな……」

立ち上がりながら呟いた子爵の言葉に顔を上げたのは、紅だけだった。

「スズ、自分は先に帰っているよ。好きなお菓子でも食べておいで」

「え？　ええ……」

慌てて編み上げブーツを穿こうとする妹より先に土間へ下りた子爵は、紅の手に五円札を握らせた。

「これで足りるかな？」

「えっ？　も、もちろんですが……いま、お釣りを――」

「いいんだ。なんなら、妹にいくつかお菓子を見繕ってやってくれ」

いくら特注とはいえ、『霜紅葉』は五円もしない。お釣りなしというならば、ほかに贈答用の菓子折二、三箱は用意できてしまう。

「し、しばらくお待ちください……！」

こんな高額紙幣を手にするのは久しぶりだ。紅はかすかに震える手でそれをしまうと、あたふたと菓子箱の準備を開始する。そのあいだ、子爵は包んだ『霜紅葉』を大江から受け取り、本当に表へ出ていってしまった。

おそらく、いままで妹に苦労をかけたお礼にということなのだろう。彼の中でなにかが変わりはじめているという予感を、紅は抱いた。

大江は、表戸の外まで子爵を見送りに出た。そこで、去りゆく彼の背中へ向かって語りかけた言葉が、凍える風に乗って届いた。


「すべてを喪っても、未来は続いていきます」


紅はハッとして外を見た。子爵は振り向き、大江に向けて小さな会釈を返した。

戻ってきた大江は、もうなにも言わない。いかなる感情も読み取れない顔の店主と相談し、紅はスズに練切あんの『桔梗《ききょう》』と抹茶を用意した。

土産がわりに持たせるものは、日持ちのする栗羊羹と芋羊羹、それから卵たっぷりの黄金色のカステラ。数日内に食べきれるものであれば、色もあったほうがいい。山芋入りの薯蕷《じょうよ》饅頭には女郎花《おみなえし》の焼き印と彩色がほどこしてある。菊、柿、秋桜《コスモス》をかたどった上生菓子も入れよう。ほかには——。

「秋の干菓子があるよ」

そう言って大江が工房から持ってきた杉箱も一緒に包む。紅は知らなかったので新作なのだろう。風呂敷包みの一番上で、木箱がカラカラと小気味よい音を立てた。中にはどんな秋が詰まっているのか。

「こんなにお菓子を買ってくれるなんて、お兄様、どうしたのかしら……」

大きな風呂敷を小さな体で受け止めたスズは、年相応に喜ぶというよりは、どこか困惑した顔つきでいる。きっと兄にとってみれば、虎の子の五円札だったのだろう。はたしてこれからの生活は大丈夫なのか……。余計なお世話だろうけれど、紅も素直によかったですねとは言いにくい。

「あっ、スズさん」

野分が呼びかけた。見れば、子爵が座っていたあたりの畳に小さな藍の巾着袋がある。野分が指さしているのは、そこに結びつけられた赤い組紐だった。

「あら、兄のものですわ。もう、そそっかしいんだから……」

「松中さんのもの、ですか？」

野分はどこかせつなげな顔つきでいる。

「これと同じものが、霧峰さんの鞄にもついていましたよ。もしかして――」

二人の思い出の品なのだろうか。両手がふさがっているスズの代わりに、紅が野分から巾着を受け取る。

そのとき視界が切り替わり、紅はキャメラのフラッシュのように、一瞬だけ焚《た》かれた景色を視た。

どこかの寺院の庭だった。鮮やかに赤い紅葉と、降りはじめた雪が混じり合っている。渾然《こんぜん》一体《いったい》となったそれが、ゆるやかに季節を塗り替えていくのだろう。

庭を眺める広縁《ひろえん》に腰かけた視界の持ち主は、制服姿の少年。隣にいるのは柿渋《かきしぶ》色の質素な袷《あわせ》の少女だ。少年の手を取り、赤い組紐を結びつけている。その先にあるものは、彼女自身の小指だった——。


「霧峰、さん……」

紅の呟きを理解できたのは、きっと大江だけだったはずだ。だが彼はなにも言わず、茶碗や皿を片づけている。

「どうかしましたか？」

野分の声も耳に入らず、紅は組紐を握りしめたまま、さきほどのフィルムを思い返している。美しい——美しすぎる映画のような世界を眺めながら、どこか物憂げに、少女の唇が動きかけていたような気がする。

その先を確かめることはきっとできないだろう。けれど、紅にはその言葉がこうであったような気がしてならないのだった。

『次は来世で』、と。

そして彼女は、鋏で紐を切った。

「思い出のお菓子は……きれいなばかりじゃないんでしょうか」

紅の呟きに、大江が振り返った。その背後では、初雪が舞いはじめている。

「同じ景色にも、無限の表現がある。そこに宿る思いだってね。それを完全に再現することなんて、誰にもできないんだろう。ましてや過剰な美化は、心の中にしかない風景をかえって曇らせてしまうのかもしれない……。わかってはいるんだけどなぁ」

大江は紅に語りかけているかのようで、紅の背後の壁にかかる絵画を見ていた。

夜空に、燃える山の絵。大文字《だいもんじ》の送り火だろう。炎の中には金《きん》色の火の粉が丹念に描き込まれていて、幻想的ですらある。

「『赤い雪と、白い紅葉』。二人にはきっとこんな言葉遊びをして他愛なく笑った瞬間があったんだろうね。本当に大事なのはきれいなお菓子よりも、その思い出なんだろうなぁ」

紅の心にかかった靄を掬うように、大江が言った。紅は意を決し、気にかかっていたことを訊く。

「先生……さっき、松中さんになんて――」

「なにか聞こえたかい？　なんだっけ」

大江はとぼけているが、紅は覚えている。

──すべてを喪っても、未来は続いていく。

それはまるで、自分自身をも喪ってしまいそうな人への励ましのようだ。妻を亡くした大江だからこそ、そう言えたのだろうか。

「ま、待ってください……！　松中さん、『霜紅葉』を持ってどこへ──？」

そうだ。彼は約束したのではなかったか。きっと生涯で唯一愛した人と、最初で最後の逢瀬《おうせ》で。

『次は来世で食べましょう』

紅の表情と切羽詰まった言葉から、なにかを察したであろう野分が色めき立つ。

「あ、あのお菓子は最後の晩餐《ばんさん》ってことですか!?　まさか、そんな──」

それ以上のことは、野分は言えないようだった。傍らに青い顔で立つスズを気にかけてのことだろう。三人の外側に立つ大江が、雪を見つめたまま静かに言う。

「どこかへ向かう人の心を、他人が止めることはできないよ。だけど──」

言葉が終わるのも待たず、紅は思いきり戸を開けて飛び出した。

「野分さんっ！　悪いですけどスズさんをおうちまで送っていただけませんか？　松中さんが先に帰っていればいいんですけど！」

「もちろんいいですが……紅さんは!?」

「ちょっとそのあたりを見てきます！」

傘も差さず、紅は雪の降る京を駆けた。

雪は止むどころか、どんどん強くなっていくようだった。大粒の結晶が顔に貼りつき、紅はその都度袖でぬぐっていたが、やがて面倒になって放っておくことにした。それよりも剝《む》き出しの耳と指先が痛い。寒い、ではなく痛いのだ。

これが京都の冬。紅は初めて、この街が内包する厳然とした矜持《きょうじ》と孤独に触れたような気がした。

「松中さん……早まらないで……」

独りごちながらも、紅の足は自然と西へ向かっていた。新京極の裏通りの自宅へ帰っているのなら問題ない。だけど、そうでなければ紅には心当たりと呼べそうなものは一ヶ所しかなかった。

だけど、そこまではあまりにも遠かった。走っても一時間以上はかかってしまうだろう。子爵がタクシーでも使っていたら手遅れになる。紅はとにかく大きな五条通まで出ると、流しのタクシーを拾った。たまたま紅の懐には、紛失しないよう大事に入れていた五円札がある。せっかくの売り上げを勝手に使っては大江を困らせると思うが、給料天引きで許してもらうしかない。

「嵐山まで、急いでください！」

紅はドアを開けるなりそう叫んでいた。

恋人たちがいったいどこの茶屋で休んだのか、どの寺院の広縁に座ったのか、紅には皆目見当がつかない。とにかく行ってみればなにかわかるような気がしたのだが、運転手に嵐山にはぎょうさん寺があるでと言われ、途方に暮れてしまった。

「天龍寺《てんりゅうじ》やろ、常寂光寺《じょうじゃっこうじ》やろ……まさか化野念仏寺《あだしのねんぶつじ》まで行くつもりやあらへんね？　こんな雪やとよう歩かれへんで」

「いやぁ、その……」

紅は半泣きで固まってしまった。とにかく一番庭がきれいなところへ！　という大雑把な要求に、フォードはしぶしぶといった様子で西に走りはじめたが、しばらくすると長い橋の手前で停車した。

「あぁ、あかん。雪で渋滞や」

橋の上はとくに滑りやすいそうで、たくさんのタクシーと乗用車が詰まっているのが雪煙の向こうに見えた。

「じゃあ、ここでいいです！」

紅は橋のたもとで転がるように降りた。これが名高い渡月橋《とげつきょう》だということは、紅にもなんとなくわかった。

だけど、どちらに行けばいい？

とにかく一度近くの土産もの屋に入り、「背の高い背広の男の人、見ませんでしたか？」と店員に問うてみたが、そんな特徴のない人はよう覚えとらんと、けんもほろろに言われてしまった。

その並びにある店をいくつか回ってみたけれど、はかばかしくない。

「どうしよう……」

手をこすり合わせて所在なくする紅だったが、ふと雪の向こうに動かない人影を見つけた。

「あっ!!」

喫茶店の窓に鼻先を押しつけて、紅は橋に佇む一人の男を凝視した。大柄な体躯に黒いコート、背広。

「いた!!」


渡月橋から、男は紅葉の山々を眺めていた。赤と白が混じり合う景色に、彼はなにを思っているのか。

やがて彼は俯き、意を決したように両手を胸へ持ち上げる。

「駄目ぇーっ!!」

紅はその腹のあたりに全力でぶつかり、ガッチリと両肘で固める。この気温だ。川に落ちたらただでは済まない。

「わあぁっ!?」

男はもがき、反射的に紅の頭を引き剝がそうとした。だが、そうはいかない。思いきり額に力をかけられた紅は、首をあらぬ方向に曲げながらも、しつこい虫のように彼の体にくっつく。

「ちょっ――な、なんだぁ!?」

「松中さん！　後生ですから死なないでください!!」

「えぇっ!?」

泣きそうな顔を上げた紅と、必死の形相の松中子爵の目が合う。彼は心底気味悪そうに紅の頭をつかみ、「し、死ぬってなんだ？」と混乱の口調で言った。

「なんで自分は死ぬことになっているんだ？　落ち着くんだ、きみ！」

「……へ？」

紅は両腕の力をゆるめた。説得するつもりが、説得されている。いつしかすっかり雪も止み、陽光の下で観光客が騒ぎを遠巻きに囲んでいた。

子爵に教えられて初めて知ったことだが、渡月橋を挟んだ上流は大堰川《おおいがわ》、下流が桂川《かつらがわ》と名称を変えるらしい。彼は桂川の岸辺へ適当に腰を下ろすと、さきほど取り出そうとして紅に阻まれたという和菓子の包みを改めて広げた。

「本当はね、昔食べた和菓子はこれとは違うものなのさ」

元来人懐っこい性格なのか、子爵はクスクスと笑いながら紅にそう打ち明けた。

「えっ？　でも、これで当たっているって……？」

戸惑う紅に、子爵は霜紅葉を食べながらやわらかな顔で告げる。

「つい、ね。嘘をついてしまったんだよ。大江さんがわれわれのことを考え抜いて作ってくれた――思い出を形にしてくれた、という事実が、なんだかとても嬉しくてね……」

あの人は、たった一つの商品にも手を抜かないんだなと、子爵は言った。

「なにも、同じお菓子じゃなくてもよかったのさ。同じものなら、直接その意匠を伝えればいいだけだろう？　自分が暗闇の中で求めていたのは、そういうことじゃなかったんだ……」

紅は子爵と同じ表情になり、「ええ」と答えた。そして、忘れものの藍の巾着を手渡した。

「あぁ、これ。探していたんだよ。とても大事なものだから」

「この赤い組紐、とてもきれいですね」

紅は感じたままのことを告げた。もちろんそれは、この紐に宿った思い出を知っているからそう思うことなのだろう。だけど――だからこそ、人はなにかを美しいと感じられるのかもしれない。

子爵は頬を緩め、「ありがとう」と言った。

「正直、この紐を見て悲しくなることもあったよ。だけど、いまはもう――ただすべてが眩しく思われるだけだ」

年を取ったということかもしれないがねと笑うその瞳は、決して光を喪ってはいなかった。

「……霧峰さんは、大切な思い出を遺してくれたんですね」

紅がそう言うと、子爵は頷いた。

「そうだな。そして、たくさんの人に彩りを与えてくれた。これからも、どこかの劇場でその姿を見ることができるんだ」

そこにあるのは、決して誇らしさや尊さというきれいなものではないだろう。誰がなんと言おうと、天女は彼のもとから飛び去ってしまったのだから。

だけど、暗闇の中でもがき続けた彼が、それでも手放さなかった光は、悲しくも美しいと思った。――たとえそれが、合わせ鏡の中にしかなかったとしても。

「さて。これでは妹がさぞかし心配しているだろうね。帰るよ」

騒ぎを起こした詫びにタクシー代を出すと言われたが、紅は頑なに断った。

「私が勝手に騒いだだけですから……。その代わりというわけではないですが、どうぞまたお菓子を食べにいらしてくださいね」

紅がそう微笑むと、子爵は「おいしかったよ」と頷いて去っていった。

残った紅は、河原から無言で紅葉を眺めていた。そのうちにまたはらはらと雪が舞いはじめる。かざした掌で、それは一瞬だけ咲いて消えた。

「ここにいたのか」

目の前にすっと灰色の影が差す。顔を上げれば、黒地に緋《ひ》の番傘を向けて大江が紅を覗き込んでいる。

「先生……」

「あのあとすぐ追いかけたんだけど、足速いねぇ」

「すっ、すみません！」

「でも、きみが来るとしたら嵐山しかないと思ってね」

紅の単純な思考は読まれていたようだった。

「その様子だと、松中さんに会えたようだね」

「はい……」

紅は盛大な勘違いをどう説明したものかと顔を赤らめたが、逆にその態度で大江はすべてを解したらしい。

「彼は生きていくよ」と、優しい瞳で言った。

「だってほら、俺だって生きてる」

紅は静かに頷いた。

――なにを喪っても、未来だけは続いていく。

それはとても残酷なもの言いかもしれない。けれど、喪った人にかけるべき言葉なんてそもそもどこにもなくて、なにを言っても残酷なのだ。誰かが癒しを与えようとしても与えられるものではない。

それでも、大江は伝えなければならないと思ったのだろう。

人は人を変えられない――。夏にそう言っていたはずの彼が、他人にそんな心を向けたことが紅には少し意外だったけれど、それはもしかして、いつかの自分自身に語りかけたい言葉なのかもしれなかった。

せつなさとともに、あたたかい光が胸の中に広がり、紅は微笑む。

そこに、在りし日の恋人たちの「思い出の色」が蘇ってきた。

少女時代の霧峰は、紅の知っている銀幕の顔とは少し違っていた。うまく言えないけれど、なにか形のないものを信じたいような、無垢な瞳――。

それがなんだったのか、紅にはもちろんわからない。だけど、彼女こそ生きる希望を喪ってなんかいなかったはずだ。

映画の中でさまざまな感情を知り、経験し、大人になって、彼女は輝かしい人生を駆け抜けたのだから。

彼女にとって結んで切った「赤」は、決して諦めの色ではなく、自分を奮い立たせるよすがだったのだろう。一人で京都に来た紅には、なんとなくそう思えるのだった。

紅はそっと立ち上がると、撮影所にも近い嵐山の燃えるような山並みを一望し、番傘を差しかけて待つ大江のもとへと歩んだ。

こうして赤と白の和菓子をめぐる一日は終わった。夜を迎え、静閑堂は眠りに就こうとしている。

「今日はお疲れさま」

寝る前にふと思い立って店の棚を整理していた紅のもとへ、大江がやって来た。

「結局、昨日も全然休めていないし、働きづめだよねぇ」

苦笑する大江に、紅は赤くなって頭を掻く。

「まぁ、やることがないよりはいいですよ」

「今日も早とちり、やってくれたしね」

「えっ？　それは言わないでくださいよ！　私、結局なにかが視えても、全然役になんて立たなかったんですから。まぁ、いつもそうですけど」
　大江は笑顔の中でも少し眉を下げ、紅に問う。
「たまには店を閉めてどこかに出かけるかい？」
「いいんですよ、今日だってあれから閉めちゃったじゃないですか。お客さんたちが待ってい
ますよ」
　それに、大江は店が閉まっていようが嵐が来ようが、いつもお菓子作りやその準備に追われ
ているから、休んでも体が空くのは販売の紅だけなのだ。
「あの――」
「ん？」
　私にもお菓子を作らせてくださいという言葉を、紅はすんでのところで呑み込んだ。
　紅が来て四ヶ月――。夏が終わり、秋も過ぎゆこうとしている。そのあいだ、大江は紅に和
菓子作りについて積極的に指導したことはない。
　その理由を、紅はなんとなく考えていた。やはり、紅が赤を苦手としているからではないか
と。好んで作りたくない色がある――それも、彩りの根幹だろう赤が――ということは、やは
り和菓子職人として致命的なのかもしれない。
　大江もそれをわかっているから、あえて紅を工房に入れないのだろうか。……それとも、や
はり静閑堂は自分だけの店であって、紅は単なる助手だと期待していないのかも。ただでさえ

失敗が多いし、いろいろと任せるのは確かに不安に違いない。

どちらにせよ、紅から製菓の技術を学びたいとは言い出しにくかった。

「あ、なんでもないです……」

「そう？」

大江はふしぎそうに首をかしげると、後ろ手に持っていた紙箱を紅に差し出した。

「はい。紅ちゃんはよくやってくれているから。お菓子でしか渡せなくて悪いんだけど……」

「え？」

白一色かと思った紙箱は、左右に淡く山吹《やまぶき》色のグラデーションの彩色がほどこされている。

「これは秋の干菓子でね、『吹き寄せ』っていうんだ」

どきどきしながら開けてみると、中に詰まっていたのは、たくさんの秋。

和三盆糖で作られた、淡いたくさんの色の干菓子。柿、栗、紅葉、稲穂……。松茸《まつたけ》に雀、案山子《かかし》なんていうものもある。それらが風に吹き寄せられて一ヶ所に集まってきたかのように、賑やかに箱の中でおのおの「秋」を謳歌していた。

「わぁ……」

頬をゆるませる紅に、「面白いもんだろう？」と大江が言った。

「和菓子は、なにを作ってもいいんだ。風や空、郷愁なんていう形のないものだって。俺はまだまだそこには至っていないんだけど、紅ちゃんにも少しずつ知ってもらえたらいいな」

「先生……」

「じつはね、今日の『霜紅葉』、違っていたんじゃないかと思ってる」

「えっ？」

突然そう言われ、紅は思わず肩をこわばらせてしまった。大江はそんな紅の態度に気づいているのかいないのか、微笑んだままで続ける。

「いや、実物と合っていたんだとしても同じことかな。誰かの思い出を切り取って形にするってことは、それ以外のものをすべて捨て去るということなんだから」

「けれど、先生――」

「うん、わかっているよ。俺は憶病になっているだけなんだろう。だけど、開き直れるほど大人になりきれていないんだ」

ふっと空いた言葉と言葉の間隙。紅はそれを埋めるかのように、「先生、言っていましたよね。同じ色でも、無限の表現が――無限の心が宿るって」と話しはじめた。

「今回、それぞれの人が同じ景色を見て違う言い方で表したみたいに、どんなものでも、見る人や心によって変わってくると、私も思うんです」

それは夏に、青く彩られた絵がまったく違う世界を開いたように。

赤い組紐が、悲恋と希望を縒《よ》り合《あ》わせたものだったように。

「もし、松中さんと霧峰さんが結婚を許されていたんだとしたら……それはもちろん最高なことでした。けど――」

紅は真剣に言葉をつないだ。

「そしたら、野分さんはもしかしたら全然別な人生で、京都にも来ていなくて……それがあの方にとってよかったかどうかはわかりませんけれど……でも、そうなっていたら、私は上洛初日に花電車に轢かれていました」

「なんだい、それ。じゃあ、ここにも来なかったってわけかい」

大江はしばらくぶりに屈託ない笑いを見せた。

「だとしたら、俺はいまでも窖《あなぐら》の中にいるような日々だったってことか」

ふいに言われたことの意味が、紅にはとっさにわからなかった。

少し屈んで紅と視線を合わせ、大江は続けた。

「きみは役立たずなんかじゃないよ」

「え……？」

「俺は、映画も観てこなかったし、和菓子作りばかりでほかにはなんの経験もない。ときどき、自分の信じた表現すら絵空ごとのような感覚に襲われることがあって――とても怖い」

「そうなんですか？　でも――」

「だから、きみはすごい」

微笑みの中に真摯な光を見て、紅はなにも言えなくなった。

「きみは、もう誰も見ることのできない『心』や景色を視てきた。それでつらい思いもたくさんしてきただろうけれど――だからこそ、誰よりも人の心に寄り添うことができる。そしてちゃんと、自分を信じることができる。だからいつでもとっさに走り出せるんだ。こんなに素晴らしいことはないよ」

軽い口調ながら、大江の目はしっかりと紅を見据えているものだから、紅は思わず涙ぐみそうになってしまう。とっさに顔をそむけ、「……ありがとうございます」と言うと、おやすみなさいの会釈をして二階へと駆けていく。

目尻をぬぐいながら、紅は布団にもぐり込んだ。ここにいても――どこかで確かに生きていてもいいのだと、初めて地に足が着いたようなふしぎな感覚を抱いて。

いつしか、紅は降りしきる雪の中に立っていた。

自分自身の「思い出の色」。繰り返される同じフィルム。音もなく積もっていく冬の景色に、赤がちらつく。

だけど、いくら待っても赤い雪は降らない。なにかがいつもと違う――そう思った紅はふと気づいた。木々にこんもりと載る雪。よく見れば、その下で重そうに頭を垂れていたのは、紅葉や七竈《ななかまど》の紅い実だった。

「ここは……」

紅は、それらを確かめたくて走り出した。いつもは、そんな紅の意志に幻影が従ってくれることはない。フィルムはフィルムとしてそこに映し出されるだけだ。だけど今日だけは違った。紅は白い息を吐き、片足ずつをふんわりとした雪原に埋もれさせながら分け入ると、かじかむ手で一番近くの木の雪を掬った。

現れたのは、やはり赤い紅葉。その鮮やかな色が紅の目に迫ってくる。体が浮遊するような感覚とともに、紅の視界は赤でいっぱいになる。

――お母さんが死んだときの赤だ。

ぼんやりとそう思う。ならばこれは血の赤。死の赤なのだろう。

――違う。

紅は幻影の中を泳いだ。ずっと避けていた色の正体を、いまこそは知らなければと思った。溺れそうな赤の洪水。だけど、それは本当に正しい？　精いっぱい、手を伸ばす。なにかをつかみ取りたかった。そしてどこかへ進みたかった。

やがて赤は収斂《しゅうれん》していき、一つの焦点を結ぶ。懐かしい家の居間に寝かされている赤ん坊。その産着の眩しいほどの赤に。

この子が誰なのか、紅には誰に訊かずともわかった。そしてふいに思い出したのだ。あの雪原は、母とよく一緒に出かけた神社の裏山だと――。

気づけば、紅は布団の中から天井を眺めていた。赤はもうどこにもない。

やがてゆっくりと起き上がり、抽斗から桐箱を出してその蓋を開けた。

紅玉の色は変わらない。だけど、もうそこに闇は見出せなかった。

紅は過ぎ去った時間がもう戻らないのと同じように、あの雪原も赤も二度とは視られないことをうすうす予感していた。そして、それでいいのだと思った。一粒だけ落下した涙をもう追うことはなく、大切に蓋を閉める。

「ありがとう」と、誰にともなく呟いた。

第三章　夜空の琥珀糖

一

寒さは一段と厳しくなり、いつしか京都の松も取れている。けれど、静閑堂の日々はとくに変わらない。ただひらひらと舞う雪を見ながら、紅は店先の小さなテーブルで和菓子のことを考えていた。

「そろそろ立春だね」

開店からしばらくして、工房での作業がひと段落した大江が店先まで出て話しかけてきた。

「暦の上ではもう春ってことですよね？　まだこんなに雪が多いのに」

「うん。もう春のお菓子は出しはじめているけど、もっと考えないとねぇ。なにかいい案出そう？」

「そうですね――」

本当はすでに腹の中では決まっているけれど、紅はあえて思案するふりをしてみせた。堂々と言うには、少し恥ずかしいような気持ちがあるのだ。

「笑わないでくださいね」とこわばった表情で前置きし、紅は懐から出した帳面に鉛筆で簡単な絵を描きはじめた。

雪の中から顔を出す蕗《ふき》の薹《とう》。日に照る白梅。初音を告げる鶯《うぐいす》。そしてまだ蕾《つぼみ》の桜。

初春を表した和菓子のスケッチだ。

「さすが、絵がうまいねぇ」

それを覗き込み、大江が変なところで感心している。

「私がうまいんなら、世の中のほとんどの人が画家になっていますよ」

紅は苦笑いで応じた。

「それより、どうでしょうか……」

アイデアを人に見せるというのは、こんなに緊張するものなのか。紅はかすかに震える体を笑顔で隠しながら、大江の顔色をうかがう。

「いいと思うよ。試作してみる？」

あまりにもあっさり返事が来たので、紅は拍子抜けしてしまった。

「えっ……？　つ、作ってもいいんですか？」

「もちろんいいよ。むしろ、やってみないと上手にもならないしね」

「私ではまだ練習不足なのでは？」

「だから、その練習をしようねってことさ」

そろそろいいんじゃないかなと、大江はさらりと言った。

「だから、まずはこの絵の中から一つ選んでみたら？」

「は、はい！」

紅が興奮しながらそう返事をしたとき、帳場兼飲食場にしている畳のほうから、「わ！ちょっと、見てくださいよ」と素っ頓狂な声が響いた。

「ほら、この記事！　松中子爵が映画の新事業を立ち上げるため、資金を募るそうですよ」

長火鉢にあたりながら豆大福とお茶を味わっていた野分が、新聞片手にずいぶんと興奮している。ほかに客がいないからと、開店直後からもう一時間もこうしているのだった。

「これから京都の映画産業はどんどん発展していくでしょうからね。なかなかやりますねぇ」

「あぁ、読んだよ。野分くんに見せるためにそこへわざわざ朝刊を置いておいたんだから」

大江が苦笑まじりでそう言った。

「ところで野分くん。その大荷物、どうしたんだい？」

くつろぐ野分の背後には、十個以上もの風呂敷に包まれた衣類や生活用品、本などが山積みになっている。

「あ、すみません。大江さんには言ってなかったですね……。じつはついに下宿を追い出されちゃいまして、次の宿を探しているところなんです。アルバイト先にも寮なんかないし……」

「じゃあ早く動かないと、日が暮れちゃうんじゃないの？」

「いやー、そうなんですが……まずは腹ごしらえからと思って」

「んー、うちにも部屋は余ってないしなぁ」

「……ですよねぇ。はぁ……」

がっくりと肩を落とす野分を哀れに思ったらしく、大江も一緒になって悩んでいる。

「そうだ。松中さんのところで俳優のオーディションをするそうじゃないか。それに応募してみたらどうだい？　もしかして部屋つきかもよ」

「もちろんそのつもりですけど、開催はまだまだ先なんですよね。それまで雨露しのげませんよぉ」

半泣きになってしまった野分に、「まぁ、なんとかなりますよ！」と紅は努めて明るく声をかけたけれど、根拠のないそれはむなしく響くだけだった。


そこに、突如として屋外からけたたましいクラクションの音が届いた。

紅と野分はギョッと目を見合わせた。このあたりは道幅が狭いうえ、住人たちが植木鉢やら縁台やらを置いているので、とてもではないが自動車が入る余地はない。とはいえ、音はすぐ近くから聞こえてくる。静閑堂の一つ手前の角、車が入れるぎりぎりまで誰かが乗ってきたようにも感じる。

そして、それはじりじりと近づいてくるような――。

「やだ。お店に突っ込んできたりして」

紅は冗談めかしてそう言ったが、自分でもあながちそれが的外れではないような気がして、作り笑いも固まってしまう。

そんな中、大江はなにか心当たりがあるらしく、「もしかして……」と言いながら格子戸から顔を出す。

「せ、先生、なんなんですか？」

「んー、まぁちょっと待って」

そうして出ていった小路の先から、「やっぱり、きみか」と半ば呆れたような声が流れてくる。しばらく大江は誰かと問答でもしているようだったが、やがて完全に諦めたような顔つきで店に戻ってきた。

その後ろには、見たことのない洋装の女性がついてきている。

「前も言ったでしょ。このへんの小路は狭いから車じゃ危ないって」

「ごめんなさい。義兄《にい》さんに早くご報告したいことがあって、つい急いてしまったんですの」

「報告？　きみも忙しいだろうに、手紙か電報じゃ――」

「いいえ。自分の口でお伝えしたくて」

穏やかに微笑みながら歩いてきた彼女は、紅と野分の前に立ち止まった。

紅よりも二、三歳は上と見える、うりざね顔と切れ長の目の京美人だった。葡萄酒《ワイン》色の長いケープコートを羽織り、肩口にはふんわりとした白い毛皮をつけている。胸元で結んだ艶のあるリボン、ベージュのベレー帽。どれも百貨店のショーウインドーに飾られているかのように輝いていて、まったく古びていない。コートの下からはロングスカートとブーツが覗いている。絵に描いたようなモダン・ガールだ。

「あら」と呟くと、彼女は目を細めて衒《てら》いのない笑みを見せた。

「あなたね。義兄さんの新しい恋人っていうのは」

「「はぁっ!?」」

裏返った悲鳴を上げたのは紅だけではなく、その隣に立つ野分もだった。

「えっ……？　なんですか、それ？　まったく違いますけど！」

突然のことに、紅はようやくそれだけを絞り出して抗議する。泰然と微笑む相手との間に、仲裁するように入ってきたのは大江だった。

「おいおい、デマを流さないでくれよ、小町《こまち》ちゃん！　この紅さんは俺たちの仲人の藤宮先生の娘さんで、ここの従業員なんだ」

「けれど、一緒に住んでいるんでしょう？」

「人聞きが悪いなぁ。従業員が店に住み込むのはよくあることじゃないか。いちいち疑われていたらたまらないよ」

「そうだそうだ！」と援護する野分は、なぜか涙目になっている。

「だいたいですね、あなたはどなたなんです？　大江さんのご親戚かなにかで？」

さきほど大江に「小町」と呼ばれた彼女は、なにか未知の動物の群れにでも遭遇したかのように、野分とその後ろの大荷物をしげしげ眺めた。

「あら。お客様がいらっしゃったのね」

「いえ、僕は単なるお客じゃなくてですねぇ――」

「まぁいいわ。わたくしは桂商事《かつらしょうじ》の専務取締役、桂《かつら》小町と申します。よろしくね、紅さん」

小町は野分のことなどまったく眼中にもないようだ。紅にはピンとこなかったが、野分はその会社を知っているらしく、「ええっ……」と言ったきり黙ってしまった。

「あぁもう……小町ちゃん、二人が困っているじゃないか」

「あら。そうなの？」

「悪いね。この人は俺の妻の妹なんだ」

大江に言われ、ようやく紅には得心がいった。天真爛漫《てんしんらんまん》そうなところは、聞いていた妻――綾子の印象に通ずるものがある。が、彼女はそれ以上かもしれない。

「それで、報告っていうのはなんだい？」

大江に水を向けられ、小町は夢見るように微笑んだ。

「じつはわたくし、秋に結婚することが決まりましたの」

「へぇ、おめでとう。小町ちゃんはつい最近まで女学生だったと思っていたのになぁ。お相手はどんな方？」

しみじみと祝福する大江に、小町ははにかみながら教えた。

「将来は博士になるという、京大の院生さんなんですの。とても思慮深くて、知識がたくさんおありで――」

よほどその相手のことを気に入ったらしい。そういう経験をしたことのない紅には、少し羨ましく映る。

「ですから、祝言は考えうるかぎり最高の宴《うたげ》にしたいと思っておりますの。婚礼菓子は、榕義兄さんにお願いしようかと思って。ざっと五百人分にはなるかしら」

「ご、五百――!?」

紅は眩暈《めまい》を起こして倒れそうになった。店も回しながら、五百人分も作れるだろうか。だけど、それだけのまとまった注文が入れば――と、頭の中で算盤《そろばん》を弾きはじめた紅をよそに、大江は少し寂しそうな顔で、「いや、それは遠慮するよ」と答えた。

「もちろん作ってあげたい気持ちはあるけれど……ねぇ」

「やだ。実家《うち》の両親のことを気にしてらっしゃるの？　大丈夫よ。時間が経てば、きっと姉さんのことだって――」

「いいや、時間は関係ないよ。大切な人のことに関しては、さ」

大江は噛《か》んで含めるように言う。そういえば、前に妻の両親は結婚に反対し、祝言にも来なかったと語っていた。

「もちろん、いますぐに決めるような話じゃないけれど……義兄さんにも考えていてほしいの」

小町は一見引いたように見えて、押し通すつもりらしかった。

「それに、義兄さんの新しい恋だってわたくしは応援したいですし！」

「だから、違うって言ってるだろう」

いくら言われても、小町に思い込みをあらためるつもりはないようだった。どう答えていいかわからない紅に向き直り、ガッとその両手を握りしめてきた。

「義兄さんのこと、頼むわね」

「えっ——」

不意を衝《つ》かれ、紅には心を準備する隙も与えられなかった。

瞬間、眼前にありえない光景がなだれ込んできた。

夜空いっぱいに広がる、翠玉《エメラルド》色の光。

それは、天に広げられた帯だった。幾度もたわみながら、天中いっぱいにその存在感を示している。こんな空は——色は見たことがない。光に吸い込まれそうな感覚に陥ったところで、紅は気づく。

これが、きわめて精巧に描かれた絵画だということに。

そして絵を見つめる視界が、突然滲んだ。

――泣いている……？

視線の持ち主が涙を流している。それはぬぐわれることもなく、雨だれのように頬へと落ちていった。視線はずっと美しい絵画へと固定されているようだ。この人がどういう感情で泣いているのか、紅にはわからない。

感動？　それとも――。


ふっと気がつくと、小町が怪訝な目を向けていた。

「やぁねぇ。わたくしの顔がどうかした？」

「あ、すみません……そういうわけじゃ……」

視線が頬に突き刺さり、紅は赤い顔で苦笑することしかできなかった。

「あまり人の顔をじろじろ見るものじゃなくってよ」

「そんなことわかっています」とも言えない。「思い出の色」のことを説明しようものなら、小町はさらに不可思議な顔をするだろう。

あなたはどうして泣いていたのですかなんて、なおさら訊けるわけもない。

こうやって、人に言えないことに直面してしまうと、紅はいつもうろたえてしまう。反射的に笑ってごまかすけれど、相手はたいてい呆れて去っていく。次に話すとき、確実にそこには距離が生まれている。

「話はわかったよ、小町ちゃん」

奇妙に空いてしまった沈黙の時間を破ったのは、大江だった。小町に向けていつものほろ苦いような微笑みを向ける。

「けれど、本当に大丈夫なのかな?」

「あら、大丈夫っていうのは?」

「結婚は本当にきみの意志なのかなってことさ」

大江はさりげなく紅と小町の間に立ち、続ける。

「綾子が結婚してから、ご両親の期待はきみに集中してきただろう? ずっと息苦しい思いをさせてきたし、今回の件も――」

「いいえ。わたくしの意志です」

小町ははっきりとした視線で大江を見つめる。

「綾子姉さんと榁義兄さんを心配させるようなことはしないわよ。昔、親代わりに面倒を見てもらった時期もあるじゃない」

「……それならいいけれど」

まだ心配そうな大江に、小町は満面の笑みを向ける。

「とにかく、また話を詰めに参りますので。紅さん、今度ゆっくりお話ししましょう？」

「あっ……はい」

紅はあの絵画と涙の「思い出の色」が気になったけれど、なにをどう訊いていいのかわからない。

スカートの端をつまんで会釈し、小町は雪のちらつく小路へ去っていった。


「な、なんなんですか、あの人は――!?」

呆然としてしまった紅よりも、野分が文句を垂れている。

「ぼ、僕のことはいいとして、いきなりやってきてお二人に変な疑いをかけるし、紅さんの手をいきなり握るし、紅さんを変な目で見るし、ほかにも紅さんを――」

「ごめんごめん」と、大江が苦笑を深めて詫びた。

「彼女はいい子なんだけど、無邪気というか……。祝い菓子のことだって、どうにか俺とご両親の仲を取り持ちたいんだと思う。……まぁちょっと強引なところはあるけどね」

「あれが『ちょっと』ですか」

野分はまだ眉をひそめている。

「んー。去年だって、店を閉めてしまった俺のところへ、生きているかときどき確認しにきてくれていたしね。自分だって最愛の姉が亡くなってつらかったろうに……。そこまでしてくれたのは彼女とスエさんくらいなものだったから……」

「まぁ、悪人じゃないってことはわかりますけどね」

野分はしぶしぶ認めたけれど、やはり小町とは合いそうにないと思っているようだ。

「あれ？　そういえば、スエさんは？　今朝はまだ来てないよね？」

大江にそう訊かれて、紅はどうにか気を取り直した。

「ええ……おかしいですね」

帳場の壁にかかる時計を見ると、午前十時を少し過ぎている。

「スエさんっていうのは？」

野分に問われ、「常連のおばあさんでね。毎朝開店前に来てお供え用のお菓子を買ってくれるんだ」と大江が答えている。へたをすれば夜明けとともに訪れる日もある彼女の来店がこんなに遅くなることは――ないわけではないが、稀だった。

「ちょっと様子を見てきますね」

紅は大江へそう告げると、硝子ケースからいくつかの和菓子を見繕い、それぞれをていねいに経木に包んだ。

「あぁ、悪いね。一人暮らしだから、ちょっと心配だな」

「あの……僕も行きます！」

「え？」

どういうわけか野分が名乗りを上げた。

「一人で平気ですよ。すぐ近所だし」

紅は固辞したけれど、「いや絶対行きます！」とどういうわけか間髪をいれずに押し切られ、断れなかった。


『あんた、毎日同《おな》し髪型やね。たまにはていねいに結うたらどうなん』

竹内スエにそんなふうに言われたのは、静閑堂が再開する少し前のことだったと思う。再開に向けてそれなりに忙しくしていた紅は、がらんどうの店にも構わず毎朝やってくるこの「常連さん」の言葉に、少なからず面食らった。

一応、身だしなみには気をつけていたつもりだったので、紅はうろたえ、次に恥ずかしさで頬が熱くなるのを感じた。スエは自分が言ったことなどすぐに忘れてしまったかのように、店に出てきた大江と談笑しはじめたので、その隙にと慌てて母屋へ駆け込んで鏡を確認した。

どこか変なところでもあったろうかと覗き込んだ自分の姿は、情けなくなるくらい普段どおりで、悪いところもないかわりに、いいところも見つけられなかった。十人並みの自分はこれが精いっぱいなのだと落胆したし、「これ以上どうすればいいのよ……」とひとりごちた。

ただ、「ていねいに」というのはどういう意味なのだろうか。とりあえず八坂《やさか》のほうへ走って柘植《つげ》の櫛《くし》を買ってきて、毎日時間をかけて梳《す》くようにはしてみた。だけど、不器用な紅は女学生がみんなやっている「束髪《そくはつ》くずし」という、前髪を後ろに持ってきてリボンで結ぶもの以外はろくにできないのだった。

紅が白い羊毛ショールを羽織り、傘を持って店の格子戸を開けた瞬間、予想以上に冷たい風が吹いたので、髪を手で押さえながら、ついついスエに言われたことを思い出してしまった。でも、スエがそれについて言ったのはあのときだけだった。彼女は普通——よりはちょっと距離感が近い常連客の一人として、顔を合わせれば天気や新聞記事についてよく話した。そして最後に必ずこう言い、皺の中の口をちょっとだけ持ち上げるのだ。

「おおきに」

彼女の自宅は、島原大門《しまばらおおもん》にごく近い隘路《あいろ》の一隅にある。

長らく島原のお茶屋に関わってきた家だったと聞いたことはあるけれど、紅は具体的にそれがなんだったかまでは知らない。

そういえば、スエ自身がどんな人生を送ってきたのか、毎日顔を合わせるわりには話にのぼったことがない。少し頑固だがわりあい話好きな印象のある人だけに、自分のことをまったく語

らないというのもふしぎだった
だけどよく考えてみれば、京言葉もろくにわからず、自分からは話の糸口がつかめないような紅に、そんな個人的なことがらを話せというほうがおかしいのかもしれない。

「紅さん、大丈夫ですか？」

空からは相も変わらず小雪が舞っている。傘を差すかどうか迷ったが、野分が開いたので紅もそれに倣《なら》う。そうして並んで歩いていると、濃紫《こきむらさき》の蛇《じゃ》の目《め》傘を差す野分が紅を気遣った。

「大丈夫……って、なにがです？」

「そりゃあ、さっきの桂さんとのこと……」

「あぁ。もちろん、なんともないですよ」

小町の「思い出の色」を視《み》たときのことを言っているのだろう。やはり、あのときの自分は変だったのか。

紅は微笑み、野分の視線から逃れるよう、店の番傘を傾けて顔を隠した。

そう、なんともない。こんなこと昔から慣れている。


『紅ちゃんの嘘つき』

同級生にそんなことを言われたのは、尋常小学校の一年生のときだったか。

幻とともに生きてきたような紅は、これまで陰に日向にたくさんのことを言われてきた。自分だけに視える虚構の世界。最初はなんの疑いも衒いもなく受け入れていた紅だったけれど、周囲はそう思わなかったようだ。それが美しければ美しいほど、超然としているほど、紅は現実社会と切り離され、浮遊感ばかりが増していった。それは自分がこの世に二本の足で立つという実感とは、まるで正反対のものだったから。

長じるにつれて、「それ」がいつかどこかの現実で起こったできごとであるらしいということを、紅は理解していく。けれど、人から向けられるまなざしは変わらなかった。幻は——というより、それを視た紅が発した言葉は——たくさんの厄災を引き寄せた。

仲よくなれそうだと思えた同級生たちの笑顔の中に、冷ややかな風が通り抜けるのを見たことは何度あっただろうか。そうして人の輪から抜けた紅は、運動場の隅でいつも毬《まり》をついていた。本当は好きでもなんでもなかったのに、好きでたまらないようなふりをして。だけどそれはすべて自分がまいた種だと思うと、悲しみもやるせなさも呑み込むしかなかった。

もうそのころには体調を崩していた母と、看病と仕事に明け暮れる父はもちろん気にかけてくれたけれど、紅は決して自室の外では泣かなかった。悩み苦しむ自分の姿を見せることで、両親をも悲しませるとわかっていたから。そんなことは絶対にしたくなかったのだ。

誰にも心配されないよう、そして疎まれないよう、紅は余計なことを言わないようにした。それでもときどきうっかり言ってしまうことはあったけれど、かわりに笑顔と冗談ですべてをかわすことを覚えた。

そして、京都に来た。

学校と違って密に過ごす相手は大江くらいなものだし、この雇い主は幸い紅を理解し、つかず離れずのほどよい距離感で接してくれる。あたたかい陽だまりのような生活の中で、唐突に鎌首をもたげた直接的な視線に、ちょっと衝撃を受けてしまっただけだ。それはたとえるなら、たまたま風に帽子を飛ばされたのと同じようなこと。

だから、なんともないのだ。

「まったく……お金持ちだか偉い人だか知りませんけど、もう少し人には敬意を持って接してもらいたいもんです。とくに、人と人の交際にまで口を出すなんて――！」

我がことのように怒っている野分に、「ありがとう」と感謝する。もしかして、この人はこれを言うためにわざわざついてきたのでは――という考えがちらりとよぎったが、まさかね、と打ち消しながら、紅は一軒の古い町家の前に立ち止まる。

黒い格子戸とほとんど同化している古い表札に、「竹内」の文字がかろうじて読み取れた。

「こんにちはー。スエさん、いますかぁ？」

玄関越しに声をかけたが、いくら待っても返事がない。

「スエさーん！　留守なのかしら……？　急な用事で出かけてるとか？」

「……あの。スエさんって方、おいくつですか？」

野分に問われ、紅は少し考え込んだ。

「そうですねぇ。たしか、昨年古希って言っていたから——」

「七十歳ですか！　……変なことを言いますけど、うちのばあさんも去年、同じ七十で倒れたんですよ……。心臓の発作で」

「えっ!?」

二人はただならぬ顔を見合わせる。もう躊躇することはなく、紅は玄関の戸に手をかけた。鍵はかかっていない。

「スエさん!!」

紅のその声は、呼びかけるものではなくて、悲鳴に近かった。

すぐ目の前の上がり框に、一人の老女が倒れていたのを見たからだった。


紅の傍らで、猫が思いきり尻尾を踏まれたような声がした。思わずそちらに目をやれば、そこにいるのは猫でも犬でもなく、青ざめて絶叫し続ける野分だった。

「しっ、死んでるぅ!!」

「の、野分さん落ち着いて！　お、お医者様を呼んできます！」

こんな状況なのに、なぜか紅は野分までをもなだめるはめになった。

「行ってきますからね！　ここ、お願いできますね？」

「は、はい！　あぁ、そうだ！　こういうときは心臓の蘇生術を……！」

野分がようやく次の行動に移ろうと、もつれる足で土間に入ったものの、敷居に引っかかって派手に転んだ。

「野分さん！」と紅が叫んだそのとき、蘇生されるはずの当の本人がむっくりと上半身を起こし、不機嫌そうに言った。

「なんなん？　やかましゅうてかなわへん。うちは生きとるわ」

「わあぁっ!!」

最悪の事態を想像してしまっていた二人は、墓場で幽霊に出くわしたような声を出した。

「人を勝手に殺さんといてくれる？　ちょっと腰ぃ痛めたさかい、休んどったら寝てもうただけやで。まったく、きょうびの若いもんにはつきおうてられんわ。あたた……」

痛がっているわりに、鉄砲玉のような毒舌も健在だった。紅は喜んでいいものかどうなのか、複雑な半笑いで「すみません、スエさん」と頭を下げる。まだ心臓が激しく鳴っている。

「菓子屋のお嬢ちゃんかぁ。今日は出られへんわ。布団まで行くの手伝うてくれへん？」

「あ、もちろんです。野分さんもいいですか？」

「はい！　おばあさん、肩貸してくださいね」

そこで、スエは初めて野分の存在を認識したようだった。

「え……」

白髪まじりの髪をひっつめた小さな顔が、近くに来た丸眼鏡の青年を穴が開くほど凝視する。

紅が、まずい、紹介し忘れた……と再び嫌味が降ってくるのを覚悟したそのとき、皺が刻まれた手から、いつも財布を入れて持ち歩いている竹籠が落下した。

「……ん？」

「……啓《けい》、太郎《たろう》……？」

「啓太郎！　生きとったんか！」

「はい!?」

なにかがおかしい。スエはまるで神様か仏様にでも遭遇したかのごとく、驚愕と感激の色を浮かべて野分に取りすがっている。

「いえ、あの、どういうことですか？」

「あんた、啓太郎なんやろ!?　なんで連絡もくれへんかったん……」

「け……『けいたろう』って誰ですか!?　違いますよ、僕は野分――」

「ちゃうわけあらへんやろ。よう帰ったなぁ。なんか食べたいもんでもある？」

野分はなにか感じるものがあるらしく、目尻を下げて黙ってしまった。紅も、戸惑いとともに小さな胸の痛みをおぼえて、いっとき立ち止まる。

「……とにかく、お布団へ」

「ええ……」

これまで何度かこの竹内家にお菓子を届けたことのある紅だが、居間の奥に続く仏間には初めて入った。そこは独居のスエの寝室も兼ねているらしく、一組の薄い布団と瀬戸火鉢が並べてある。その脇には古く質素な仏壇。いくつかの位牌《いはい》と、燃え尽きた線香の粉が見えた。

スエが野分の腕をつかんで離さないので、必然紅が動くこととなる。布団を整えて、寝かせたスエにまたかけたあと、そういえば玄関が開けっ放しだったと気がついた。

「どうりで、寒いと思った！」

慌てて戻ると、全開の戸の外からなにやら話し声がする。紅が顔を出すと、近所の主婦が三人、道ばたで顔を突き合わせていた。騒ぎを聞きつけて集まってきたのかもしれない。

「こんにちは……」

うち一人と目が合ったので、紅は反射的に挨拶をする。名前は知らないけれど、よく見かける近所のおばあさんだ。何度か孫のために饅頭を買いにきたことがあり、老眼なのか、いつも目を眇《すが》めて紅を見てくる。

相手はその目のまま口元だけをほころばせた。

「賑やかでよろしおすなぁ。なんかおましたか？」

「あ……すみません。ちょっとスエさんが腰痛で――」

「そらえらいことどすなぁ。そやけど、あの人はいっつも大袈裟なこと言わはるさかい、気ぃつけとくれやす」

おばあさんは控えめな笑顔に追われた鼠《ねずみ》のような高い声を乗せ、そう忠告してきた。ほかのおばあさんたちも同調して頷く。

「スエはんは子供んときからそうなんどす。『ホラ吹き』なんて呼ばれてなぁ。頑固やさかい決して譲らへんし、ほんにあの人はかなんわぁ」

「え、そんな――」

「そのうえ一人息子もほんまの子ぉやあらへんから、厳しく育てられてなぁ。家から逃げてしもてん」

長々とした――それも聞いていて気持ちのよいものではない噂話に巻き込まれそうになり、紅は決然と眦《まなじり》を吊り上げた。『ホラ吹き』という言葉が、なおさら心をかき立てる。

「あの……！　スエさんは、いつも『おおきに』って言ってくれます！」

「そらホラ吹きかてそんくらい言うやろ」

「なんてこと――」

「こらっ！　またいらんこと言いにきたんか！」

紅の背後から怒鳴り声が響いた。話を聞きつけたのか、野分に支えられ、スエが必死の形相で戻ってきていたのだ。

「いちいち人ん家《ち》の周り嗅ぎまわりよって、かなんのはどっちゃ！　はよ去《い》ねや！」

「おぉ、怖。石投げられたらたまらんわぁ」

おばあさんが眇めた目のまま笑うと、一同は蜘蛛《くも》の子を散らすように消えていった。

紅は慌てて玄関を閉める。塩でも撒きたい気分だが、あいにく近くには持参してきた和菓子しかない。

「まったく、あのフキはんは昔っからああやねん。人がいやがることばっかり言うてまわって。うちはホラなんか吹いとらんって、何十年言い続ければわかんねん……！」

怒りで震えているスエが気の毒になった紅だが、「あんたもあんたやで。なに一緒になって笑うてんねん！」と、とばっちりで怒られてしまった。

「えっ!?　そんな……笑ってないですよ！」

「一緒におったんやさかい、同しやろ！」

紅はすっかり困ってしまった。老婆たちの悪口とスエの怒りにあてられて、具合が悪くなってしまいそうだ。なんで私まで……と思わないでもない。だから、うっかり気配りを忘れてしまった。無理に笑みを作り、配達の編み籠から経木の包みを取り出す。

「そうそう、お菓子を持ってきたんです。あっちで食べませんか？」

手の中でそれを開くと、緑と青が透明な鉱物のように光る琥珀糖《こはくとう》が入っている。この澄んだ色がきっと心を落ち着かせるはず――と考え、「すごくきれいなんです。大江先生の自信作」と笑いかけた紅だったが――。

「冷《ひ》やこい色はいややって、言うてるやないか！」

さきほどとは比べものにならないほどの剣幕で怒鳴られるとともに、痩せた手が紅から経木を叩き落とした。光る鉱物たちは土間へとてんでばらばらに散らばる。

「あっ――！」

声を上げたのは野分だった。スエがハッと我に返ったような顔を見せる。

紅は、とっさになんの反応もできない。立ち尽くしたままでまず浮かんだのは、工房で真剣にお菓子を作る大江の横顔だった。

「……どうして」

からっぽになった両手が震えているのは、ひりつく痛みのせいではない。

「どうして、先生が作ったお菓子にまで当たるんですか？」

抑えていた言葉がふいに溢れ、とどまることはない。紅はまるで別人が自分の口を借りて喋っているかのような感覚を得た。

「スエさんは、大江先生のお菓子をわかってくれているって、思っていたのに……。『おおきに』っていつも笑ってくれるのは、嘘だったんですか？」

「嘘……？」

こんな感覚、昔にもあった。紅は泣き出しそうになりながら、心の奥底から浮かび上がる泡沫を探る。

記憶に刻まれているのは、嘘つき呼ばわりが我慢できず、同級生につかみかかった自分の姿。相手の三つ編みをつかんだ瞬間、紅はきっとスエと同じ顔をした。

恐怖を浮かべた相手の瞳と、そこに吸い込まれてしまいそうな自分自身。全部私が悪いんだとわかっていながらも、どうして私ばかりと引き裂かれそうだった心。

これ以上ここにいてはいけないと思い、紅は戸口から外へ飛び出した。

風が玄関の戸を小刻みに鳴らす。紅はできるだけ無心になろうと努めながら、土間に屈み込み、散らばった琥珀糖を拾い集めていた。

一度は外に出た紅だが、しばらく走ったあとでふいに立ち止まった。

このまま店に逃げ帰って、大江に泣きつく自分の姿がありありと想像できてしまった。大江はなんと言うだろうか。紅ちゃんは悪くない。そう言われたい一心で逃げ出す自分は、子供のままではないか。小さくも固い矜持だけをよりどころに、紅は再び竹内家の玄関を開けた。

……ただし、気まずいので泥棒のようにそろそろと。

「紅さんっ！」

一旦スエを寝かせてきたらしく、野分がただならぬ様子で駆けてきた。

「よかった。戻ってきてくれて」

「……すみません、野分さん。つい、興奮してしまって……」

「大丈夫ですか？　スエさんもちょっと頭に血が上っちゃったみたいですね。反省していると思いますよ」

野分は目尻を下げ、冷えた紅の掌に軽く触れた。

「さぁ、あとは僕に任せて、紅さんはお店に戻ってください」

「え？　でも――」

「気にしないでくださいね。どうせ今日は暇なんですから」

野分の笑顔に胸が痛んだ。スエとは初対面なのに、二人に気を使ってできるだけ関わらせないようにするつもりらしい。

だけど、紅がなにか答える間もなく、「啓太郎、どこや？」と心細そうな声が奥の間から響いてきた。

「どうやら、僕を息子さんと間違えているみたいですよねぇ……」

野分は困惑の苦笑を浮かべる。

「じつは、さっき話した僕のばあさん、去年倒れたときに亡くなってしまって……。だからかなぁ、スエさんとつい重ねちゃうといいますか……他人事《ひとごと》とは思えないんですよね」

そして努めて明るく、「退学がばれて実家からは勘当されちゃいましたし」と言った。

「ま、自業自得ですけどね。それに、流されてついつい人の面倒を見ちゃうのはもう癖で。根っからの博愛主義者なんです」

冗談めかしてそう笑うけれど、自分がそんな状態なのに、他人に構っている場合ではないだろう。でも、そこが野分らしさでもあるのかもしれない。

紅は長いあいだ思案し、「ありがとう」と言葉に出した。

「だけど、私も中に入りますね。大丈夫ですから」

本来は無関係であるはずの野分を一人にするのも気がかりなので、紅は彼の背後からそっと入っていくことに決めた。逡巡の末に野分も軽く首肯し、二人で仏間に向かった。

「あっ……危ないですよ！」

野分を——正確には息子を——探していたスエは、無理に布団から出ようとしているところだった。野分になだめられて布団に戻る。

そこで紅と目が合い、気まずそうにそらした。

その枕元近くにそっと座った紅は、そこに黒い手帳と小さな写真が一葉、ていねいに重ねて置いてあることに気づく。

丸顔に丸眼鏡と、その向こうで細められた奥二重の瞳。一瞬、野分が写っているのだと思った。だがこの人物はさっぱりとした短髪を油でまとめ、いかにも勤め人という雰囲気をまとっている。

彼が息子の啓太郎なのだと、紅にはわかった。

「……スエさん、すみませんでした。いろいろとご事情がおありなんですよね……？」

野分を見て、スエは「生きとったんか」と言った。つまり、彼に似ているという「啓太郎」は、すでにこの世の人ではないということ。

毎朝スエが静閑堂に来る理由。それはお供え菓子を欠かさないためだということと、どうしてすぐに結びつけられなかったのだろう。

「……啓太郎には、いつも肩身の狭い思いさせて悪かったたって思てん」

スエは返事のかわりに、訥々《とつとつ》と語りはじめた。

「勉強させてやりたかったんやけど、貧乏で中学にもやれんでね……。そやけど、うちはホラ吹きとちゃうで。それだけは言うとくさかい」

布団の中で悲しげな瞳を閉ざしながら言う。その語り口調から、これは彼女が息子に幾度も聞かせた台詞《せりふ》なのでは——という気がした。

「……もしかして、なにか誤解されるようなことがあったんですか？」

寝ているスエにそっと顔を寄せ、野分が静かに問う。彼は持ち前の人の好さからか、自分が息子でないことをあえて否定しようとはしない。それは、一面では場に流されてしまう弱さなのかもしれない。けれど、その瞳は確かに相手の悲しみに同調していた。

「遠い遠い昔んことや。御一新の前、うちが三つのときやもん」

二人からふっと目をそらし、スエは打ち明けはじめた。これまで紅が知らなかった、彼女の半生について。

二

竹内家は、代々島原の芸妓《げいこ》さん向けに髪結いの仕事を担ってきた。スエは八人目の子供で、両親は彼女を最後の子にするつもりで、「末《すえ》」の字から「スエ」と名づけたらしい。けれど三歳のときに妹が生まれ、その子は「末《まつ》」――「マツ」となった。

祖父母と曾祖母も合わせて十四人の大家族だったから、幼いころは家が騒がしかった記憶しかない。そのうち、上の姉から順に嫁いで家を出ていき、三人いた兄も肺病で亡くなってしまった。一人、また一人と欠けていく家族の姿を見つめながら、最後まで残ったのはスエだった。

スエはまた島原の衰退も間近で感じてきた。生まれたときには、すでに大江が言っていた島原の大火が起きたあとであり、周囲のお茶屋はほとんどが祇園に移転してしまっていた。

焼け跡に取り残されたかたちとなった竹内家だったが、一念発起して母は洋髪専門の理髪師へと職を転じた。父はすでに病死しており、そのころスエは十六歳。

「母親と一緒に理髪店に勤めるんもよかったんやけどなぁ、そのころには亡くなっとったばあさんの、日本髪を結う所作のなめらかさが忘れがたかってん……」

こうしてスエは、竹内の苗字とともに髪結いの仕事も継ごうと決めた。

時代が変わるどさくさで苦労もしたけれど、仕事は楽しいと思えた。ごく普通の少女だったスエだが、近所の子たちに「ホラ吹き」とからかわれることだけは辟易した。

「うちはほんまにあったことを喋《しゃべ》っただけや。みんな寝とったさかい知らんだけなんや」


それは三歳のころ。ある夜、たまたま目を覚ましたスエは、一緒に寝ていたはずの母親を探した。母はしきりに泣く妹を抱いて別室に行ってしまっていたようで、そのときスエは一人きりだった。

いつもなら怖くて泣きべそをかくところだが、その日は違った。窓から見える幻術のような光景に、スエは目を奪われてしまったのだ。

「空が真《ま》っ赤《か》に光っとったんや」

どこかうっとりと瞼を閉じながら、スエは話した。

「夜の空いっぱいに、鮮やかぁな赤い光が広がっとってなぁ。朝焼けとも火事ともちゃう。ほんまの深紅の光や。あないにきれいな景色を見たんは最初で最後や」

「それは、いったい——？」

「そやけど、兄ちゃんも姉ちゃんも近所ん子ぉたちも、だぁれも信じてくれへんかった。山火事を見間違えたんやろ言われたけど、誰もそないな山火事知らんし、しまいには夢でも見たんやろって」

だが、九十歳を超えていた曾祖母だけはスエをかばってくれたという。

「『ひいばあもそんなんを見たことあんで』って、慰めてくれたんや。どないなもんやったかは知らんよ。詳しいことを聞く前に死んでしもたさかい……」

それは夢なんかではない。曾祖母の言葉を胸に、スエはそう信じて生きてきた。実際、鮮烈で美しい空に出くわした瞬間の驚きは、何年経っても色褪せてはいないのだから。

ついに眠ってしまったスエを見下ろしながら、紅は野分と目を合わせた。

「……紅さん。いまの話って――」

紅はなにも言えなかった。それはあまりにも非現実的だったから。

せめて、紅がスエに触れてその光景が視られれば本当かどうか確認できるのかもしれないけれど、「思い出の色」はそうそう都合よく現れてはくれないものだ。これまでスエとは幾度となく和菓子と小銭をやり取りしてきて、その都度手と手が触れたりもしていたと思うが、なにかが視えることは一度もなかった。

夢か、現実か。いまさら確かめようのないことだけに、紅はかえって悩んでしまう。

だけど、と紅はもう一つの可能性を思う。

もしも――スエもまた、紅と同じように「ありもしないものが視える」体質だったなら？　それは、人やものに触れることでなんらかの記憶が視えるというものかもしれないし、少し違っているかもしれない。いずれ、嘘でも夢でもなく、どこかにその風景が存在したのだとすれば――。

「スエさんにも、『思い出の色』が視えていたのかな……」

自分と重ねてしまい、紅はそう呟いた。

「え？　どういう意味ですか？」

「あ、いえ、なんでもないです……」

野分に問われ、赤くなってごまかす。

ついついそう思ってしまうのは、きっとそうすることによって自分も救われたいからだ。京都に来て克服できたはずの自分の弱み。けれどその自信は沼の睡蓮《すいれん》のように頼りなく、容易に浮き沈みする。紅はそれをどうにかして浮上させたいだけだ。だから、スエのことが他人事とは思えなくなっている。だからなにかをしたいのだろう。

ホラ吹きの汚名を一つ消せば、自分が同じように呼ばれていた事実も少し軽くなるような気がして。

そこに、玄関ががらりと開く音がした。

「スエはん、おるかー？」

「わっ――」

鼠のような声には聞き覚えがあった。さきほど追い出されたばかりの「フキはん」ではないか。戸に鍵までかけていなかったことを痛烈に後悔しながらも、紅は玄関へ向かおうとするが、すでに彼女は居間へ到達していた。

「邪魔すんで。なんや、スエはんほんまに腰痛なんか」

「あっ、あの！」

勝手に入ってこないでくださいと言おうと思ったが、よく考えればスエとのつきあいはこの人のほうがはるかにあるのだった。

「どうせなんも作られへんのやろ。おばんざい持ってきたわ。うちは孫がようけ食べるさかい、朝にぎょうさん作っとくんや」

卓袱台にドスンとアルミの鍋を置く。中には棒鱈《ぼうだら》と海老芋の煮《た》いたんが入っていた。

「え？　はぁ……」

フキは仏間で眠っているスエを遠目に確認して、卓袱台の脇に腰かけた。そして、「まぁ、この人も気の毒なんよ」と呟いた。

「息子にもシベリアで死なれてなぁ。天涯孤独なんや」

「シベリア……。そうだったんですか……」

スエが毎日欠かさないお供え菓子。「あたたかそうなお菓子を」と、その意匠にこだわる理由。

それが紅には垣間見えた気がした。

　そこでフキは野分に目を留め、「おおぅ……」と声にならないうめきを上げた。

「驚かさんといてや。あんさん、啓太郎によう似とるなぁ。あの子ん親戚かいな？」

「いえ、違いますが……」

「ふぅん。ま、あっちのほうがもっと引き締まったええ男やったけどな」

「はぁ。すみません……」

　なぜか野分は頭を下げている。

「あの、啓太郎さんのことをご存じなんですか？」

　紅の問いに、「当たり前や。何十年近所におんねん」とフキは軽く鼻を鳴らした。

「啓太郎はなぁ、スエはんが結婚した人ん連れ子やねん。そやけど、旦那《だん》さんは啓太郎が五つんときに死んでしもた。そやから、いろいろあってなぁ。喧嘩して家を出て、ほんで外国で働きたいっていうて、スエはんの反対も押し切って赤十字のシベリア派遣に志願して行ってしもたんや」

「それって、シベリア出兵のほうではなくて……数年前に話題になった、シベリアで孤立したポーランド人の孤児たちを日本で受け入れた件ですか？」

　野分が問う。

「あぁ、なんかそないな話やったかなぁ？」

そのニュースなら紅の記憶にも残っている。三年前、ロシア帝国はソビエト連邦社会主義共和国となったが、そこに至るまでには数多の混乱と争いがあった。

「六、七年前にポーランドと当時のロシアとのあいだで戦争が起きて、その前のロシア支配時代にポーランドからシベリアへ移住していた人たちが帰れなくなってしまったんですよ。そこで救済支援要請を受け入れた日本が、七百人以上の孤児を引き取って本国へ送り届けて――」

「そやそや。啓太郎はそれの関係で連絡船に乗って向こうに渡ったんや。せやけど、あっちで病気になってなぁ。結局帰れずに死んでしもた」

フキは軽くため息をついて、「スエはんはえらい落ち込みやったなぁ。からかうときだけ元気な声出すさかい、ついついなぁ」と呟いた。

「……なんか呼んだ?」

ふいに、スエが口を開いた。自分の名が出て目を覚ましたのだろうか。「あいたた」とうめきながら上半身を起こす。

「なんでフキはんがおんねん！　まさか、いらんこと言うてへんやろな!?」

「おぉ、怖い怖い。そないなわけあらへんやろ。祟《たた》られたらたまらんな」

「うちはまだ死んでへん！」

フキはにやにや笑いを浮かべて退散した。あとに残った鍋をスエは苛立たしそうに眺めていたが、やがて「あぁ、もうええわ」と吐息まじりに呟き、野分を見た。

「あんた、今日は泊まってったらええ。うちもうまいもん作るさかい」

「えっ!? いいんですか!?」

思わず喜ぶ野分を、紅はとっさに肘鉄した。

「うぐぅ!」

「な、なに言ってるんですか? いくら宿がないからって……!」

「いやぁ、すみません。つい……」

スエは本当に野分を息子だと思っているのか? 二人でそっとそちらを見ると、しみじみとした優しい表情で啓太郎の写真を眺めている。

「赤十字の同僚はんに聞いたんや。啓太郎はシベリアで高熱出して、もう助からへんってときに宿舎から抜け出したって。なんでそないなことしたん……」

「そうなんですか? それは――」

「二日二晩行方知れずで、何里も離れた凍土で冷たくなっとったって。そのときに持っとったんがこの手帳だけやったって。遺骨の代わりにわざわざ届けてもーたんやで」

二人は、スエの手にある黒い手帳を見やった。海の向こうを行き来したその来歴を知ると、とたんに重みが増してくるような気がする。その表面と角のささくれから、長いあいだ肌身離さず持ち歩いていたことが伝わってくる。

「あの、見てもいいですか……?」

ええよという言葉とともにそれを受け取り、野分がそっとページを繰《く》る。ごく普通の、おもに仕事の予定を書き込んだ手帳だ。きわめて淡々としているものの、ときおり予定の脇に感想めいた一文が書いてあったりして、筆まめな印象を受けた。

パラパラとめくって目についたところを拾うと、啓太郎を乗せた船は、三年三ヶ月前——大正十一年十一月末に敦賀《つるが》港を出て、二日後にウラジオストク港へ到着している。帰りの便は二週間後の予定となっているが、それに乗れなかったということだから、着いて何日かするかしないかで発病し、そのまま悪化してしまったのだろう。ウラジオストクからの予定や行先までは書いていない。

ウラジオストクという街がシベリア鉄道の終点だということは、紅も聞き知っている。東京から列車で敦賀へ、そして航路と鉄路を使ってヨーロッパへ向かうのは、政治家や大芸術家らのあいだで使われている流行りのルートらしい。

二人が手帳を読んでいるあいだ、スエはぽつり、ぽつりと話し続けた。

「啓太郎を厳しく育てたんはね、なんもほんまの子ぉやないからってわけちゃうねん……。うちはろくに読み書きもできひんし、家族もみんないーひんようになってしもて……寂しかったんや」

「スエさん……」

「そないなときに結婚して、家族が三人になって……ほんまは嬉しかってん。そやさかい、啓太郎には一人でも生きていける力をつけてもらいたかっただけなんや……」

袖でぐいっとぬぐった目には、光が灯っている。だけど、紅はそれが空の果てに幽《かそけ》く宿る星のように、まばたき一つで見失ってしまうもののような儚さばかりを感じた。

野分が、手帳の最後のページを開く。そこには黒のインクでなにがしかのスケッチが描かれていた。

よほど急いでペンを走らせたのか、その意図はわかりかねた。まるで雨だれのように、何本もの縦線が描き殴られているのみだったから。これが北国の凍土だろうか。それとも、吹雪か流氷――？

「啓太郎は、最期にお迎えの光を見たんやろか……。死んだ父ちゃんにも会えたんかいな」

スエが突然そんなことを言うものだから、紅にはとっさに意味がわからなかった。

「紅さん、これは……」

野分に言われ、ハッと気づく。

線画の下には、短い文章がしたためられていた。野分が軽くそこを撫《な》でる。

『つひに辿《たど》り着かん。極楽の光へ』

その次の行にも文が書かれているが、最終ページの下端にあたっているためか、雨雪に濡れた紙が途中から枯葉のように擦れてしまっている。かろうじてわかる部分は――。

『お母ちゃんは嘘つきや』。

紅と野分は無言で顔を見合わせる。遺骨代わりに届いた手帳の最後の文章が、ボロボロになったこの一文とは、スエもさぞこたえただろう。啓太郎が死のまぎわまで母のことを思っていたのは確かだろうけれど——なぜこんなことを……？

スエはついに溢れる涙をぬぐいきれなくなり、布団に突っ伏してすすり泣きはじめた。

野分がその背をさすり、「もう少し休みましょうか」といたわった。

「紅さん、僕は——」

本当に今日ここに泊まりますねと、野分は小声で告げた。

「こんな状態のスエさんを独りにはしておけませんよ。一日経てば気持ちにも整理がつくかもしれないし」

「野分さん……！」

いくらお人好しでも、そこまでする義理はない。ただ、野分は野分でスエに初対面の他人以上の感情移入があるようなのだった。紅はあれこれ考えたあと、「じゃあ私も泊まります！」と言った。

「え？」

「だけど、一旦大江先生にも相談してきます。スエさんのご姉妹が近くにいるならそちらにお話したほうがいいかもしれませんし……。ちょっと外して大丈夫ですか」

「もちろんお願いします。こっちも落ち着いたら、ご親族のことを訊いてみますね」

なぜだか、野分はほっとしたように声を弾ませている。やはり心細かったのだろうか。紅は少しふしぎに思いながら玄関を出る。正午を告げる鐘が鳴っていた。

「先生、お店一人で大丈夫かしら……」

幸い、傘を差すほどの雪ではなくなった。紅は早足で島原大門まで出る。

そこは「道筋《どうすじ》」と呼ばれる、やや広い道路になっていて、人通りもそこそこあるので道端の雪は少ない。とはいえ、滑らないよう足元を見ながら慎重に歩いていた紅は、背後から忍び寄る車の気配に気づくのが遅れた。

ふっと振り向いた瞬間、「ごきげんよう」となめらかな声が耳に届いた。


紅は緊張した面持ちで、両掌を膝の上で握り込んでいる。

箱型国産車の窓を覆う黒いカーテンが、ずいぶんものものしいと思った。運転席とのあいだにもレースカーテンが引かれていて、まるで一つの小部屋のようだ。

「ありがとう。とりあえず、話を聞いてくれるのよね？」

隣で慇懃に礼を述べるのは、さきほど帰ったとばかり思っていた大江の義妹、小町だった。

『あなたを探していたの。じつは、頼みがあるんだけど』

微笑みながらも妙な威圧感でそう言われた紅は、断りきれず車に乗ってしまった。

「あの、私店に帰らないと……」

車が走り出してからそう切り出したが、小町は泰然とした笑顔を崩さない。

「心配しなくてもすぐに済むわよ。あ、お昼ご飯もよかったらどうかしら」

「いえ、けっこうです！」

運転手つきの自家用車に乗っているような人と食事なんて、喉を通るわけもない。紅は全力で拒否したが、単に遠慮しているだけと思われたかもしれない。

「あなた、有名な画家先生の娘さんなんでしょう？　ちょっと頼みたいことがあってね」

そう言われても、どういうことがさっぱりわからない。お金持ちだから肖像画作成でも依頼したいのだろうか？

「最近父は自分で描きませんよ？　後進を育てるとかで、美術学校のほうに夢中です。家計から持っていってしまうせいで、私はそのへんの食べられる草を探すのが大変で――」

そこでハッと気づいた。お金持ち相手に、なんてしみったれた愚痴をこぼしてしまったのか。

「面白いこと言うわねぇ」

小町はくすくす笑うけれど、肝心なことははぐらかされる。ぐったりしてしまい、紅はそっとカーテンをめくってみる。一直線に並ぶ常緑樹の並木が遠ざかっていくところだった。

「あちらは御所《ごしょ》よ」と慣れた様子で小町が教えた。

「京都は戦乱とか大火が多かったんだけど、いまの建物は安政のころのもののそうよ。七十年ほど前ね」

「そうだったんですか……」

漠然と、古い都だから同じものがずっと残っているような気がしていたが――そしてそれは多くがそのとおりなのだろうけれど――重ねた歴史のぶんだけ変化も当然あるのだ。東京がそうだったように。

ほどなくして車が停まったのは、煉瓦《れんが》造りの立派な邸宅だ。大江から妻の実家は士族だと聞いていたので、武家屋敷を想像していた紅は面食らってしまう。

「わぁ……」

雪化粧の庭園の向こうにあるのは狭小な町家などではなく、ひらけた空と川。きっと鴨川だろう。

「ご立派ですね。あそこの白いタイルは露天風呂ですか?」

ていねいに剪定《せんてい》された庭木が囲む広場を指さすと、小町がぷっと吹き出した。

「やだぁ、あれは噴水よ。地形の高低差を利用して水が高く出るように作られたものでね。いまは冬だから凍っちゃっているけど」

「へぇ……すごいですね」

「あら。東京にもこういうのはたくさんあるでしょう？」

「私はあまり出歩かなかったので……」

「そうなの」

てっきりどうしてと訊かれるかと思ったが、それはないようで少しほっとした。「ほら、こっちよ」と友達を案内するように連れていかれたのは、邸内の長い廊下を渡った最奥にある、ぶ厚い扉の部屋だった。

「ここには代々の芸術作品のコレクションが収蔵してあってね」

庶民には絶対に出てこないであろう台詞をさらりと放ちながら、小町が扉を開ける。

そこは窓のない、暗室のような部屋だった。小町が点けた照明も、きっと故意に光量を落としてあるのだろう、頼りなくほの暗い。

徐々に目が慣れてきた紅は、この空間が意外なほど広いことに気づく。学校の教室二つぶんはゆうにあるだろうか。天井だって見慣れた町家のものよりも二倍以上は高い。だがそれよりも、壁にところ狭しとかけられている絵画の数々に圧倒された。

「わっ――」

「あなたならこの価値がわかるでしょう？　お父上が東京美術専門学校長だっていうのなら、ね」

そんなものは毛ほどの意味もなさないが、それでも紅には絵に宿る命が感じられた。

タイトルや作者までは知らないが、どれもキャンバスの中に確かな世界を作り出している。聖書を題材にしたもの。風景を描いたもの。人物の一瞬の感情をとらえたもの。それぞれの場面が時代や国を超越して立ち現れる。

まるで、紅の目が視る「思い出の色」のようですらあった。

「それでね、あなたに見てもらいたいのは奥のほう」

小町は強引に紅の手を引き、本来なら窓があるだろうはずの突き当たりまで案内する。

その空間だけ、ずいぶんと異質だった。高い天井近くまでずらりと飾られた絵画は、すべて天を覆う緑色の光を描いたものだからだ。光は解かれた帯のごとく、夜空を横切り、その下にある森や湖を照らしている。

「これは……！」

「なんだか知ってる？」

「え……さぁ……」

店で小町に触れたときに視た景色はこれだったのかと、紅はようやく理解した。だが、こんなに緑の空ばかり、なぜ描かれているのか？

「あなたも聞いたことくらいはあるでしょ？　オーロラよ」

「あぁ……」

たしか数年前に流行った映画に、「オーロラ」が出てきたような……。だが、それは活動弁士がスクリーンの脇で説明するだけで、フィルムでも実際の映像は見られなかった。

「北極の夜空にかかる虹……みたいなものじゃないんですか？」

紅が思ったままのことを告げると、小町は軽く笑った。

「ええ、知らない人が説明すればそうなるかもね。オーロラは極地近くの空の発光現象よ」

「すみません。やっぱりわからないです……」

紅が素直に言うと、小町はこれ以上どう説明したものか、小首をかしげてしまった。

「んー、まぁいいわ。とにかくオーロラのこと、少しは知っているんでしょう？　あなたに頼みっていうのは、このことよ」

「……はぁ……？」

絵画はすべてが写実的なものというわけでもないらしく、緑の光の帯の中を、幻獣のような生き物が飛び交っているさまが描かれているものもある。翼のある龍《りゅう》や、一角獣、妖精のような少女までもが踊っている光景は、博覧会場ででも眺めればさぞかしうっとりとできたことだろう。

だが、小町は急いているようで待ってくれない。廊下に出て、ギャラリーの戸を重そうに閉めた。窓外の雪景色が紅の目を射る。

「綾子姉さんは、専門学校時代にオーロラを見たことがあるんですって」

小町がそんなことを言いながら紅を見つめた。

「えっ？」

「だから、オーロラよ。わたくしは子供のころから、物語で読んだオーロラに憧れていてね。それを姉さんに何度も話していたから、その美しさを絵にして私に贈ってくれるって、言ってくれたのよ。『あなた、きっと驚くわよ』なんて言っていたのに、亡くなってしまって――」

そこまで話が進んだところで、紅にはいやな予感しかしなかった。「え、ちょっと、待ってください」と遮ろうとしたけれど、小町は聞き入れるそぶりさえない。

「だからね、あなた、その絵を探してくれないかしら」

やっぱり！　紅は頭を抱えてしまった。

「な、なにを言っているんですか？　大江先生は、もう一枚も絵を手放すつもりはないんですよ……？」

とんでもない頼みごとをされてしまった。こんなこと、大江には言えない。

小町は、「知っているわよ」と頷いた。

「だから本人には言いそびれていたんじゃない。いまさら『約束していました』なんて……そんな虫のいい話ないものね。義兄さん、姉さんの死にすごく落ち込んでしまって、見ていられないほどだったもの」

「じゃあ――」

「だから、かわりにわたくしは海外からオーロラの絵を集めたの。本当はじかに見てみたいけれど、極地近くなんておいそれとは行けないし。だけどね……」

緑に光る空の絵を集めれば集めるほど、小町には不安が募っていった。その正体は自分でもよくわからない。ただ、蒐集《しゅうしゅう》中に知り合ったオーロラ研究者から紹介されたことが縁で、結婚まで決まったことが関係しているかもしれないと、自信なさげに話した。

「相手の方もオーロラが好きなのよ。同じものを求める者同士、うまくやれそうな気がしたんだけど……わたくしが本当に求めていたものはなんだったのか、わからなくなってきたのよね」

「そう、だったんですか……」

確かに小町はオーロラに憧れていた。だけど、本当に欲しかったのは愛する姉が描いてくれた絵そのものだったのではないかと、その死から一年以上経ってようやく思えるようになってきた。がむしゃらにオーロラを求めていたことのほうが異常だったのではないか、とも。

そして、それとともに結婚という現実がじわじわと重さを増してのしかかってきた。

小町は気まずげに目を伏せる。

「彼のことは好きよ。だけど、オーロラを除いたわたくしたちはうまくやれるのかしらって思ってしまって……。姉さんの絵があれば、前向きにやれる気がしたのよね。お守りよ」

小町の不安は、なんとなくわかった。姉の死に打ちひしがれ、そこからどうにか幸せをつかんだようでいても、心は糸が切れた凧《たこ》と同じなのだろう。なにか、目に見える支えを求めたいのだ。秋の結婚までに、結納やら準備やらで忙しくなるのだろうから、その前に気持ちを――

言うなれば覚悟を固めておきたい。

「あの……でも、綾子さんは本当にオーロラの絵を描いたんですか？　前に蔵で絵を見たとき、そんなものがあった記憶はないんですが……」

「描いたのよ。亡くなるしばらく前に本人が手紙をくれたもの。『楽しみにしていて』って」

「えぇーっ……」

正直、困ってしまった。大江に訊けばわかるだろうが、理由を言わなければならない。

「もちろん相応の金額はお支払いするわよ。義兄さんにもきちんと話さないといけないわね」

「どうでしょうか……。先生にも意向はあると思うので……」

「わかっているわよ。お願い！　あなただけが頼りなの」

そんなに懇願されても困るだけだ。誘われた昼食を丁重に断り、紅は帰りの車に乗る。食事なんてご馳走になったら、依頼を引き受けなければならないではないか。

「残念。ドミグラスソースがけのビーフ・カツレツに青豆のスープとサラドの用意があるのに」

「うっ……」

「デザートにキャビネット・プディングもあるわよ」

ドアを閉める直前にそんなことを言われ、心が揺らいでしまった。聞いたこともないようなハイカラなメニューには少し――いやかなり興味をそそられたけれど、紅にだって矜持はあるのだ。

「いえっ、本当に大丈夫ですから！　運転手さん、出してください！」

すべての煩悩を振り切るようにドアを閉め、深いため息をつく。

「はぁ……。これを逃したらもう食べられないんだろうなぁ……」


ぐったりした紅が店に戻ると、午後一時を過ぎていた。桂邸と行き来したのはたった一時間だったのか。一日がかりだったようにも思えてしまう。ご馳走をちらつかされたあとだけに、空腹感もひとしおだ。

「すみません、遅くなりました……」

「平気平気。雪のせいかお客さんも少ないし」

大江は、売り場の隅の小さなテーブルでなにか書きものをしている。なにげなく紅が覗くと、松の木や鯛《たい》、鶴など、さまざまな上生菓子のスケッチが描かれていた。だが、すべて上から乱雑に線を引かれ、没になっていることがわかる。

「え？　先生、これって――」

「あぁ、小町ちゃんの婚礼菓子についてね、考えていたんだけど……」

本当にその話を受けるつもりだったのかと、紅は少し驚いた。

「もうちょっとでまとまりそうな気がするんだけどなぁ」

「先生でもそんなことってあるんですね」

「そんなことだらけだよ」

大江は少しこわばりが解けたような笑みを見せた。

「それより、紅ちゃんのほうは大丈夫だった？」

「えーと、それがですね……」

紅は、竹内家で起きたことの経緯を話した。小町の依頼はとても言い出せない。蔵の絵を確認する件は、スエのことが落ち着いてから考えよう。

「啓太郎さんかぁ……」

話を聞くと、大江は宙を睨《にら》んで記憶を掘り起こしていた。

「たしか、彼はご存命なら俺と同い年なんだよね……。俺がここに店を開いたとき、啓太郎さんはもうあの家を出て大阪《おおさか》で働いていたようだけど、ときどき帰省してお菓子を買ってくれたなぁ」

職を転々としていた啓太郎は、そのとき港湾で荷揚げの仕事に就いていたらしく、日焼けして髭まで生やしていたけれど、見た目に反して寡黙で真面目な人だった。大江とは年が同じで境遇も似ているとあって、わりと心を開いて笑ってくれた印象が残っている。

「赤十字で事務員として働くことになったって報告してくれたな。ずっとスエさんにも仕送りしていたみたいだし。だけど——」

最後の帰省の際、大江は彼に会うことは叶わなかった。

「たまたまスエさんに頼まれていたお菓子を配達に行ったら、そのとき二人は大喧嘩していたんだよね。家の中のことだから、顔までは見ていないけど……あんまり両方とも怒っているから、一回出直そうと店に戻ったら、そのあいだに啓太郎さん、大阪に帰っちゃった」

大江は残念そうに目尻を下げる。

「そのときスエさんに頼まれていたお菓子は、啓太郎さんに持たせるためのものだったんだ。まぁ、喧嘩の最中に戸を叩くわけにもいかなかったんだけど……運悪くすれ違っちゃったなぁ……」

「そうだったんですか……」

「もしかしてそのときに、海外へ行くとか行かないという話をしていたのかな。『お母ちゃんにはわからへんやろ』って声が聞こえてね……」

二人はそのまま喧嘩別れになってしまったのだろうか。だとすればスエはいたたまれないだろう。

スエの姉妹たちの行方を尋ねると、大江は再び軽く首を振った。

「お姉さんたちはすでに鬼籍に入っているって言ってたよ。唯一、妹さんはお元気だけど、母方の実家がある和歌山《わかやま》に嫁いだとか」

「あ、話に出てきた『マツさん』ですね。和歌山かぁ……」

ちょっと連絡をしに行くには遠すぎる。いざとなったら電報を使うしかないけれど、なんと打てばよいのだろう。そもそも、連絡先はスエに訊かないとわからないし……。

「とりあえず、一晩様子を見てみるかい？　スエさんが冷静になってくれればいいんだけど」

「そうですね。そろそろ向こうが心配なので、行っていいですか？」

大江はもちろんと頷いた。

「今日はお客さんも来なさそうだから、お菓子をいろいろ持っていきな。そうそう、おこわと茶碗蒸しも作ってあるよ」

どんどん食べものが集まってくる。紅は両手にたっぷりの荷物を持ち、竹内家へと急ぐ。

目前の問題のほうが大事なはずなのに、ついつい店先に飾ってある絵が気になって、脇を通るときに見てしまった。帳場の壁にあるのは、赤々とした大文字の送り火、そして鮮やかな竹林の油彩画の二枚だ。どちらも京都らしい趣に満ちている。もちろん、オーロラとはなんの関係もなさそうだった。

「やっぱり蔵か……それとも――」

紅が来る前、生活のために大江がやむなく売ってしまったという絵。その中にあるのかもしれなかった。

竹内家の居間の襖を開けた紅は、危うく床に伸びる足に引っかかって転ぶところだった。

「きゃあっ！　えっ……野分さん!?」

どういうわけか、野分が大の字になってボロ雑巾のように転がっている。

さきほど神妙にスエを慰めていた姿はどこへやら、赤くなった顔とゆるんだ口元を天井に晒し眠っていたのだった。

その傍らには、いくつもの貧乏徳利。

「ちょっと！　昼間っからなにやってるんですか！」

紅の怒声に反応したのは、隣の仏間の布団に座っていたスエだった。

「あぁ、ええねんええねん。好きに寝かせたってや」

どうやら、野分に酒をすすめたのは彼女らしかった。にこにこと菩薩《ぼさつ》のような笑顔をされると強いことは言えず、紅はぐっと黙る。

台所から水をもらってきたものの、起きてくれないと飲ませることもできない。そのうち紅は諦め、昼食はもう済ませたというスエの前に和菓子をそっと置いた。

今度は、できるだけあたたかみのあるものにした。梅の花をかたどった練切あんと、小豆あんを道明寺《どうみょうじ》と塩漬けの桜の葉で包んだ、よい香りの桜餅。どちらももうすぐ訪れる雪解けを予感させる。

「啓太郎にも……」

「あ、いいんです。よく寝ているみたいですから」

スエがぽつりと呼んだ名前を、野分のことだと思って紅は受け流した。

けれど少し経ってから、それは過去に大阪へ持たせてやれなかったことを言っていたのではないか、と思い立った。もちろん、スエに訊くことは憚《はばか》られる。彼女の意識は過去と現在とのあいだを揺れているのかもしれなかった。

直前までスエが眺めていたものか、布団の上に啓太郎の手帳が開いてある。紅は無遠慮に触れることをためらい、斜め上からそっとそれを見た。

スエは「中学にもやれなかった」と悔やんでいたけれど、現在だって尋常小学校を出ても中学に進む男子は三割ほどだ。とはいえ、ところどころに「海は廓寥《かくりょう》としてもの悲し」や「秋深く蔚藍《うつらん》の天となる」など、中学でも習わないだろう難しい言葉が使われていて、働きながら相当独学したのだろうと思わせられた。

筆致もきわめてていねいで、大江が言っていたように生真面目な印象を受ける。少なくとも、酔いつぶれて幸せそうに寝ている野分よりも秀才には見えると思う。……この人はこれでも元京都帝国大生なのだが。

だけどそうなると、紅にはどうしても違和感をおぼえてしまうページがある。

最後に殴り描きされているスケッチ。これだけが、写真や字面から浮かぶ啓太郎の像とかけ離れている。

紅の考えに気づいたわけではないだろうが、スエの指が手帳を繰り、最後のページを開いた。きっと彼女は習慣的に――一日に何度もここを見返しているのだろうと思った。

幾本ものインクの筋。

これは、いったいなにを表すのか。

紅は長いあいだ絵を見つめていた。スエに断り、ためしに線へ手を触れてみたけれど、都合よく「思い出の色」は出現してくれなかった。やっぱりこういうときに使えないのよねぇと苦笑し、押して駄目なら引いてみろとばかりに、目を閉じてもみる。帳面のモノクロームも、褪せた畳の白橡《しろつるばみ》も消え、線香の懐かしいような匂いだけが意識に満ちた。

「……あぁ、もしかして、これは――」

凍える大地で描かれた線。極楽の光。

「……オーロラ……？」

紅は勢いよく立ち上がり、寝ている野分の肩をつかむ。

「野分さんっ、起きてください！　これ、オーロラじゃありませんか？」

何度も激しく肩を揺すられ、ようやく野分は薄目を開いた。

「……えぇ？　オーロラがどうしたんですかぁ？」

「だから、このスケッチですよ。啓太郎さんはオーロラを見て、これを描いたんじゃないかと思って……。野分さんもオーロラは知っていますよね？」

「もっちろんですよぉ。太陽風が引き起こす磁気嵐で地磁気が歪んで電気が発生してですね、その電気が極北近くで集中的に電流を流して解消するときに、地球の上層大気が発光する現象で――」

「ものすごく詳しいじゃないですか！　けど、全然意味がわかりません」

「んー、簡単に言うと、光る反物とか帯みたいなやつが空を飛んでいるんですよ」

今度はとんでもなく雑な説明だったが、小町の家で見た絵画とも合致する。

「僕は理学部で物理化学専攻だったんです」

辞めちゃいましたけどぉと野分はうつぶせにひっくり返ってうめいた。

「あぁ！　まだ寝ないで！」

紅の願いもむなしく、野分はすでに安らかな寝息を立てている。

「スエさん……」

二人のやりとりをふしぎそうに眺めていたスエに、紅はそっと近寄った。

「オーロラって、わかりますか？　ええと、極地近くの空が緑に光るっていう、とてもきれいな自然現象なんですが……」

「さぁ、よう知らんなぁ」

「もしかして、啓太郎さんはそれを絵に描いたのかもと思って……」

だが、その先が出てこない。空《くう》を掻《か》くような思いで紅は黙った。オーロラそのものを知らない人に説明するのがなんと難しいことか。紅だって実物を見たことがないのだ。

だけど、せめて啓太郎が雪と凍土に阻まれて絶望的な死を迎えたという事実を、少しは軽くできるかもしれないと思った。

「……ちょっと待ってくださいね。オーロラを見せてあげますから」

紅はひそかに決意を固めた。小町の絵のコレクションを、どれか一枚だけでも借りてこよう。貸してもらえる可能性は低いけれど、だったらこちらも姉のオーロラの絵を探さないぞと、強気に言ってみるしかない。だが――。


「もうええ」

意外な声に、立ち上がりかけていた紅は虚を衝かれた。

俯いたままのスエが、「堪忍え」と言っていた。

「もう、ええんやで……。おおきにね。年寄りのわがままにつきおうてくれて……」

「スエさん……」

やはりここにいるのは息子ではないと、スエもわかっていたのだ。その瞳から、雪解けのような雫が布団にこぼれた。

「あぁ……ほんまにうちはホラ吹きやなぁ。そやさかい、啓太郎までからかわれてしんどい思いさせて、ほんでしまいにはあの子ぉにまで嫌われてしもて……」

鼻をすすり上げる音だけが仏間に響く。紅は、「そんなことない」と言おうとしたが、それがどれだけいまの彼女に響くかわからず、口をつぐんでしまう。スエの話した孤独がそのまま、小さいころの紅の後ろ姿に重なる。あのとき自分は、どうしたかったのだろう。どうしてほしかったのだろう？

もし——もしも母が生きていたら、啓太郎を思うスエのようになっていたのだろうかと、紅はありもしないことを考える。

そして、そこに紅が晒されてきた「嘘つき」という言葉と、さらに子を思う親の顔とが重なり、平静ではいられなくなってしまった。

それは勝手な感情移入だと、わかってはいる。紅は母を喪い、スエは子を喪った。その事実が紅の中で蝶番《ちょうつがい》のように噛《か》み合う。

すべて勝手なことだ。スエにとって子供は啓太郎であり、そして彼に似ている野分だ。

そんなことはわかっているけれど、それでも紅は八つで手を離してしまった母のあたたかみが、いまだどこかに残っていると思いたいのかもしれなかった。

「……スエさん。待っていてくださいね」

紅はスエの両手を握り、決然とそう言った。

「夕方までには戻ります。必ず――啓太郎さんが見た景色を持ってきますから」

スエは答えず、泣き濡れたままの顔でふしぎそうに紅を見ている。どうして目の前の人間がこんなに一生懸命なのか、たぶんわからないに違いない。当然のことだ。紅が勝手に、欠けている人生の一部と、喪った母を投影しているだけなのだから。

紅は手ぬぐいをそっとスエの頬に当てると、野分のもとに向かった。

「野分さん！　私、また出かけてきたいんですが！」

耳元で呼びかけると、意識の片隅で聞こえているらしく、野分は「んんー」と声を漏らした。

「オーロラの絵を借りてきます。そのあいだ、ここを頼めますか？」

「……オーロラ先輩にですか？」

「はい？」

突拍子のない単語が飛び出してきたので、紅は怪訝な顔をした。

「なんですか、それ？」

「オーロラ先輩ですよ。話でも聞いてくるんですか？」

言いながら野分はむっくりと体を起こし、湯呑みに入った水を一気飲みした。

「あれ？　違いましたか？　僕の大学の先輩なんですが――」

「そんなの知るわけないじゃないですか」

「オーロラマニアで、珍しい本をたくさん持っているんですよねぇ。今朝まで下宿も同じだったんですよ。理学部生を集めた下鴨の『探星館《たんせいかん》』っていう――」

さすが、ずいぶんと洒落た名前の下宿だ。幸い小町の邸とも近いし、立ち寄ってみる価値はあるかもしれない。

「僕も一緒に行きますよ！」

「駄目です」

まだ酔いが回っている野分を連れていくわけにはいかない。それに、スエを見守る人がいなければ。

野分は残念そうな顔で、再び寝そべった。

「しょうがないですねぇ。僕の名前を出せばわかってくれると思いますから。井筒稔《いづつみのる》さんという大学院生です」

「そもそも、今朝追い出されたばかりの下宿に、よく顔を出す気になれますね……」

「んー、まぁ、なにか悪いことをして放逐されたわけじゃありませんからね。条件が京大理学部在学生なのに退学しちゃってたってことと、ちょっと下宿代を滞納したくらいです」

「それが悪いことなんですよ！」

「あっ、もう払いましたよぉ」

とにかく、こんな不埒《ふらち》な酔っ払いを同行させるわけにはいかない。紅まで同類だと思われてしまう。

再び玄関を開けた紅は、晩冬の京都に飛び出した。雪はもう完全に止んでいて、午後の日差しが少しだけ春めいて感じられた。

転んだとき、一人で立ち上がるのはつらい。手を差し伸べてくれる人がいればどれだけありがたいことか。だけど、その先も道は続く。なにを喪っても、未来は続いていく。

私は歩いていけるだろうかと、紅は考える。一人きりでも歩いていける人になりたい。だけどそれと同じくらい、大事な人たちに手を伸ばせる人になりたい。切実な思いに駆られながら、紅は早足で進んだ。


下鴨までは市電と徒歩で一時間弱というところだろうか。御所の手前にあたる烏丸《からすま》丸太町《まるたまち》で市電を降りた紅は、さきほど車窓から見たばかりの樹木を横目に急いだ。

地理的には先に探星館へ寄ったほうが早い。野分から聞いていた住所にたどりつくと、洒落た名とはうって変わった古い木造三階建ての住居があった。

「……これは……」

町家というよりも旅籠《はたご》だ。窓からは男ものの洗濯物が何重にも垂らされ、これでは春が来るまで乾かないだろうと思われる。そこからいまにも幕末の浪士たちが、刀片手に飛び出してきそうな不穏さもあった。

紅はおそるおそる玄関を開け、「すみませーん……」と控えめに声をかけた。

薄暗い内部は静まりかえっている。黒光りする土間と板の間に歳月が感じられた。だけど、そこにいくつもの下駄が脱ぎ散らかされており、確かに下宿人たちが棲息《せいそく》していることはわかった。野分を追い出したという、管理人にあたる人物は不在だろうか。

紅が固唾を呑んでいると、バタバタと階段を下ってくる音が響いた。現れたのは黒縁の、度の強い眼鏡をかけた青年だ。風呂敷からはみ出すほど厚い本を数冊抱え、癖のある短髪が走ってきた勢いで揺れている。青年は進路に立つ紅に気づくと中指で眼鏡をずり上げ、まじまじと見つめた。

「なにか、ご用ですか」

「すみません、ええと、オーロラ――じゃなかった、井筒稔さんを訪ねてきたんですが……」

青年はとたんに胡散《うさん》臭そうなものを見る目になり、「井筒はわたしですが」と答えた。まさかいきなり当人が出てくるとは思わなかった紅は、意表を突かれてしまう。

「あの、野分さんの紹介で来た藤宮と申しますが……オーロラについてちょっと教えていただきたいんです」

我ながら怪しげな用件だと紅は思ったが、ほかに言いようがない。

相手は、オーロラよりも「野分」のほうに反応したようだった。

「あぁ、野分氏か。元気？　まぁ、今朝までここにいたんだけど」

「相変わらずです」

まさか他人の家で酔いつぶれているとは言いがたい。

「きみ、もしかして彼のガールフレンドなの？」

「はい？」

耳を疑う言葉が出てきて、紅は口を開けたまま固まってしまった。

井筒はにこりともせず真面目な顔のままだ。冗談で人を和ませるという意図はないらしい。

「だ、断じて交際相手なんかじゃありません！」

「あぁ、そうなの」

「野分さんは単にうちの和菓子屋の常連さんですから！」

「和菓子屋？」

「はい。壬生川町の静閑堂です」

「あぁ、静閑堂か。知っているよ、いい店だって。野分氏も言っていたな……。それって、あなたがいるからかな」

「そんなわけ、天地がひっくり返っても絶っ対にありません！　野分さんはうちの豆大福に目がないだけです」

紅は憤然としてこの話題を打ち切った。井筒は、「気を悪くしたなら謝るよ」と真顔のまま言うと、玄関の外まで出てきた。紅をからかっていたつもりではなく、たぶん、気になることがすぐ口に出てしまう性格なのだろう。とりあえず、変な誤解が解けたのならよかった。

「きみもオーロラに興味があるんだ?」

「ええ、まぁ……。井筒さんはオーロラについてお詳しいとうかがったので、よろしければ私でも買えそうな本を教えていただければと思いまして――」

「んー……」

井筒は難しい顔をして考え込んでしまった。

「野分氏のご友人なら貸してあげてもよかったんだけど、あいにく急に研究会で資料が必要になってね。しばらくは無理なんだよな。オーロラなんてまだまだ認知されていない分野だから、市内の書店に問い合わせても、いい本があるかどうか……」

「そうですか……」

紅は肩を落として一歩下がった。井筒が慌てて出ていこうとしていたのは、そういう事情なのかもしれない。また後日改めるしかないだろう。

そう思っていたところに――。

「あら。あなた」

聞き覚えのある女性の声がして、紅は振り返る。同時に井筒が「あっ!」と言った。

「小町さん!」

さきほど別れたばかりの桂小町が驚き顔で立っている。鴨川沿いの邸宅はこの近くなので、徒歩で通りかかったのだろうか。洒落たビロードのポシェットを肩かけにしている。

「どうして紅さんがここにいるの？」

「小町さんこそ……もしかして井筒さんとお知り合いなんですか？」

「知り合いどころか、彼がわたくしの婚約者なのよ」

「えっ⁉」

紅はあんぐりと口を開け、井筒が持つ風呂敷からはみ出す本を見た。オーロラ好きの婚約者というのは井筒のことだったのか。確かに、そうそうそんな人間が転がっているとも思えないが……。

「さっき、少し話したでしょう？　彼の担当教授がわたくしに紹介してくださったのよ」

そんな小町の笑顔を見て、井筒はきまり悪そうに頭を下げた。

「悪い、小町さん。電報打つのを忘れてた。じつは急に教授に呼ばれてね。来週の研究会に穴が開くから埋めてくれというんだよ。いまから大学に行かなくちゃいけない」

「えぇーっ……」

小町は露骨に不満そうな顔をした。どうやら、二人はこれから連れ立ってどこかへ出かける予定だったらしい。

「今日こそ『四季がたり』を観ようと思って、仕事も調整していたんですよ？」

「あぁ、申し訳ない。一人で観てもらうしかないな」

「そんな……。パーラーのディナーコースも予約していましたのに……」

「だから、ごめんって」

最後は少し投げやりになった井筒の様子を察し、小町は押し黙った。

「……いや……悪いのはわたしでしかないよな」

井筒がなにごとかを考え込みながら言った。

「日程管理が甘かったんだ。いろいろなことが予想しきれなかった」

「……いえ」

小町はやっとそれだけを答えたが、その視線は井筒の足元に注がれたままだった。

「キャンセルの費用は払うから。それじゃあ、また」

紅にも軽く会釈して、井筒は自転車にまたがり風のように去っていった。残された小町になんと声をかけようかと悩んだ紅だが、ふとその顔を覗き固まってしまう。下がった目尻に、いまにもこぼれそうな涙が溜まっていたからだ。

「稔さんは、いつもこうだから。しかたないわよね」

小町は決して涙をこぼさず、気丈な震え声で言った。

「研究熱心なのよ。真面目で一途なところに憧れて婚約を申し込んだんだけど――」

紅はあたふたと手ぬぐいを探ったけれど、それはさきほどスエのところに置いてきてしまったのだった。

「二人の休みが合うなんてめったにないから、楽しみにしていたのに……そう思っていたのはわたくしだけなのかもね」

　小町は紅から顔をそらし、自分でハンカチーフを出して目をぬぐう。純白の絹地に、恋人のためほどこしてきた化粧が流れた。

「わたくしの存在なんて、オーロラの横に置かれた三等星ほどの意味もないんだなって、思うときがあるのよ。むしろ観測に邪魔なのかもしれないわ」

「そんな、はずは……。婚約したんですから」

「なんのためかしら？」

　小町は濡れた睫毛を光らせ、強い瞳で紅を見つめた。

「家のため、世間体のため、金銭のため……人がわざわざ結婚する理由は世の中にいくらでも溢れているもの。もちろん、彼はそうじゃないって思いたいけれど――」

「小町さん……」

「家族になることの意味が、たまにわからなくなるのよね。ねぇ、あなたにもそういうことってない？」

　問われたことに、紅は答えられなかった。

　そうなりたいと心から思う人が、まだいないからかもしれない。だけど、ふと脳裏をよぎったのは縁あって同じ屋根の下にいる大江のこと。

そして孤独に暮らすスエと、血のつながらない息子——啓太郎のことだった。


「戻りました……」

紅がとぼとぼと静閑堂へ戻ったころ、冬の空が暮れかけて淡い蜜柑《みかん》色になっていた。

結局、オーロラの本も絵も借りられなかった。傷ついて泣く小町にそんなことはとても言い出せない。

「おかえり。スエさん、大丈夫?」

早めに店じまいを始めていた大江が、片づけの手を止めて紅に小さく笑いかけた。

紅はすべてを説明しようと口を開きかけたけれど、ふいに俯いた。そして再び顔を上げ、「先生、蔵の鍵を貸していただけませんか?」と勢い込んで問うた。

「蔵? いいよ」

当然理由を訊かれると身構えていたのに、それはなかった。紅はぽかんと大江を見つめる。

「綾子の絵がなにか役に立つんだろう? 好きに見ていいよ」

「……それを、欲しがっている方がいたとしても、ですか?」

おそるおそる言った紅に、大江は頷いた。

「なにか理由があるんだろう？　それによるんじゃないかな」

「そう、ですか……」

紅は半分だけ安堵する。いつもの、ゆったりとした笑顔がなにを考えているのかはわからないけれど、少なくとも、強硬に譲渡を断るような雰囲気はない。とりあえずいまはその優しさに感謝した。

「ありがとうございます！」

だけど、紅の笑顔は数十分後に再びどんよりと曇ることになる。

どこを探しても、緑の空の絵などなかったからだ。


「どうして？　どうしてなの？」

帳場に置かれたままの野分の大荷物の隙間で頭を抱え、紅はうめいていた。

絵を探しあぐねた紅は、結局大江に助けを求めた。「オーロラの絵を探している」と明かせば、必然的に彼も事情を察することになる。オーロラ好きの人間など、周りに一人しかいないからだ。

「変な遠慮なんかせず、最初から俺に言ってくれればいいのに」

大江は細めた目がなくなるほどに苦笑した。

「綾子のほうの親族にも、きちんと絵を分けなきゃと思っていたんだよ。だけど、いろいろあってこちらから連絡も取れなくて……変な遠慮をしていたのは俺のほうか。小町ちゃんが来たときにちゃんと言えばよかった」

だが、そもそも小町が希望しているオーロラの絵は存在しないのだった。大江とも一緒になって探したけれど、彼にも心当たりはなさそうだ。

「そもそも、綾子はオーロラを見たことがあるって、本当なのかな？　海外に行ったなんて、さすがに聞いたことがないけれど」

「小町さんは、画学生時代に見たと言っていましたが……」

大江は紅の近くに座り込み、んーと考えている。

「じゃあ十六くらいのときかな。確かに、そのころ友達とスケッチ旅行をしたって話は聞いたことがあるけれど……。でも、北海道と東北だよ」

「そこから船で北に向かったとか……!?」

「いやいや、密航じゃないか。真冬だったそうだし、そんなことをしたらあらゆる意味で命はないでしょ……」

紅の発案は一瞬で崩れ去った。

ほかに、九州から島伝いに南極を目指したとか、啓太郎と同じく敦賀からの航路でシベリア鉄道に乗ってヨーロッパへ向かったとか、いくつかの案が紅の脳内に渦巻いたが、どれも妄想の域を出ないものだった。そのうち考えるのも馬鹿馬鹿しくなってきた。せめて閉店の処理を済ませてスエのところへ行こうと紅が腰を浮かしかけたそのとき、表戸が控えめに叩かれた。

「……すみません。もう閉店ですか」

大江が目くばせするように紅を見てから、「いえ」と声を張り上げた。

「まだ大丈夫ですよ。なにかお探しですか？」

声の主は若い男性のようだった。野分よりも低く、理知的な印象を受ける。どこかで聞いたような……と紅が思っていると、からりと開いた戸の向こうで遠慮がちにこちらを見ていたのは、さきほど会ったばかりのオーロラ研究者、井筒だった。

「えっ!?　ど、どうしたんですか？」

「あ、お知り合い？」

「知り合いもなにも、小町さんのご婚約者さんです！」

仰天した紅が戸を全開にすると、井筒は軽く肩を上下させている。ここまで急いで向かってきたことが知れた。大学での用事を済ませ、すぐに来たのだろう。

「でも、急にどうして……？」

「静閑堂のことは小町さんから聞いていましたから。なんでも、お義兄さんがいい店を再開させたって」

「お世辞だよ」

苦笑する大江に、井筒は一礼すると重ねて言った。

「野分氏も言っていましたしね。ここは日本一の和菓子屋ですと」

「……野分くん……まだそんなことを……」

大江がついに苦悩するように手で顔を覆ってしまった。いつまで経っても褒められ慣れない店主に代わり、紅がにこやかに応じた。

「ええ、全部そのとおりです！　どうぞ、見ていってください」

幸い、まだ硝子ケースの中は片づけていなかった。毎日作る朝生菓子である大福や桜餅、鶯餅のほか、贈答やお茶会用に、紅白《こうはく》のそぼろあんでかたどった梅の花、赤く染めた白あんを外郎《ういろう》で包んで透かした寒椿《かんつばき》などが陳列されている。

井筒はそれを眺めて、「もう春なのか……」とため息をついた。

だけど、どことなくうつろな視線は、お菓子を見ているようで見ていない。

「どうされましたか？」

紅が問うと、しばらく逡巡していたようだったが、やがて、「駄目だったんだ……」と吐露した。

「え？　な、なにがですか？」

「……教授に、発表の順番をどうにか次の回にしてもらえないか交渉してきたけど、駄目だった。ほかに人がいなくて……」

「あ……そうだったんですか……」

　さきほど小町と交わした会話のことだろう。井筒はすっかり憔悴したように硝子ケースへ視線を落としたままだ。

「だからまた大学に戻らないといけないんだけど、せめて、小町さんにおいしいお菓子を届けようと思ってね……」

　そうして、ふいに紅へ視線を移した。

「婚約してからこうやって会うのを断ってばかりで、いつも怒らせてしまうんだ。今日だって、お菓子で機嫌を取ろうとしていると思われるかもしれない。だけどどうしていいかわからないんだよ」

　どこか切羽詰まったように話しはじめた。

「わたしは春から大学で助手になる関係で、忙しくなってしまって……婚約したのは早計だったかもしれないなんて、思ってしまうんだ。一度のみならず、何度もデートを断るだなんて、相手のことを尊重していないと思われてもしかたない。わかってはいるんだが……」

　井筒は本当に途方に暮れているようだった。ちょうど大江がお茶を淹《い》れてきたので、紅は井筒を帳場のほうへ案内した。

「忙しい中でどれも完璧になんて、誰だってできませんよ……。デートは落ち着いたころでいいんじゃないですか？」

そう言ったけれど、井筒は納得しないようだった。

「駄目なんだ。早くしないと『四季がたり』の上映期間が終わってしまうじゃないか。わたしを待っている場合じゃなくて、早く観にいってほしいんだよ。霧峰銀子の最期の主演作、彼女はとても楽しみにしているんだ。このまま逃してしまったらどんなに落ち込むことか……」

「あー……」

だから井筒は焦っているのか。紅はデートなんて洒落たことをした経験はないけれど、小町に触れたときに感じた涙の意味を精いっぱい想像した。

「井筒さんは、小町さんと『四季がたり』を観なくてもいいんですか？」

「えっ？」

そんなことを言われ、井筒は戸惑ったような顔をした。嫌味だと思われたかもしれない。

「二人で観ることに意味があるんですよね？」と紅は念押しした。

「小町さんは、映画も……そりゃあ観たいんでしょうけど、大切な人と時間を共有して、感想だって言い合いたいじゃないですか」

わかっているでしょう？　という気持ちを込めて、紅は井筒を見返した。

「だけど、無理してまで時間を作ってほしいわけじゃないと思いますよ。結婚するんなら、きっとそういうことってたくさんあるんですよね……？」

もしかして小町が抱えている不安は、こういうところにあるのではないか。

井筒は、生真面目そうな顔をさらに深刻に固まらせて、紅を透かしたどこか遠くを見ている。やがて、「あぁ」と頷いた。

「確かに、あなたの言うとおりなんだろう。藤宮さん、だったね。……小町さんはオーロラが本当に好きなのかな?」

「えっ?　ど、どうしてですか?」

突然そんなことを問われ、紅はうろたえてしまった。

「あなたが親しい友人だから訊きたいんだ。小町さんは、わたしに話を合わせて無理にオーロラが好きなふりをしているんじゃないかと……思うことがあってね。どうだろうか?」

親しい友人どころか、彼女とは今日初めて会ったばかりなのだが。

だけど紅の脳裏には、めいっぱいのオーロラの絵を抱え込んで、不安げに睫毛を濡らす小町の姿がちらついていた。

どう言うことも紅には簡単だろう。「そんなことありませんよ」とごまかすことだって。そうすれば誰も困りはしない。

振り返って大江に助けを求めたい衝動に駆られながらも、紅はその場に踏ん張って井筒を見た。そして「井筒さんは、それで平気ですか」と問うた。

「小町さんからオーロラを除いたら、一緒にはいられないですか……?」

問いに問いで返すとは、卑怯だったのかもしれない。だけど井筒は「まさか」と即答した。

「あの人はいつも自分を持っている。夜空を示す星図のような人だ。曇っていれば晴れを待つ聡明さすら持ち合わせているし、その力はわたしにはないものだよ」

不器用そうな井筒がここまで言うのだから、それは本音なのだろうと思えた。紅は自然と微笑み、「星図は、その手に取って見る人がいるからこそ、星の輝きが際立つんじゃないでしょうか」と話した。

「さぁ、お菓子はどれになさいますか？」

「あ、わたしは女性の好みがよくわからないから、任せ——」

そう井筒は言いかけたが、ふと言葉を止めた。

「いや、自分で選びます。そうだな、彼女はやわらかい色よりも——」

こうして彼が四苦八苦しながら選んだお菓子は、琥珀糖。

溶かした寒天に色をつけ、砂糖を混ぜて冷やしたものだ。日によって大江は色や形を変えているが、通年で作るらしい。今日は青や緑の寒色系で正方形や雪の結晶の形を作ったほか、ほんの少しの赤い梅型をとりまぜている。午前中、紅がスエに持っていってしまったぶんが減っているが、それでも恋人に気持ちを示せるほどにはあった。

「これがいいな。色合いが凍土のオーロラっぽくって、素敵です」

「ありがとうございます。あ、じゃあ梅はどうしますか？」

「赤いのも入れてくれるかな。そのほうがオーロラらしいから」

はい、と頷きかけて、紅は一瞬動きを止めた。

「……どういうことですか？　オーロラは緑色ですよね」

「あぁ、赤いオーロラっていうものもあるんだよ」

「赤……」

そんなことは初めて聞いた。

「あぁ。オーロラがよく観測されるオーロラベルトという高緯度地帯でも、緑や白に混じって赤い色が入ることがあるんだ」

「すみません。高緯度地帯っていうのは、北極とか南極っていうことです……よね？」

半ば井筒に詰め寄るような格好で、紅は問いかけた。すっかり手元がおろそかになっているので、代わりに大江が琥珀糖を包みはじめたことにさえ気づかない。

「いや、必ずしも極地ほどオーロラが観測されやすいということではないんだ。地磁気の関係という説が有力なんだけれど、その周辺部のほうがむしろ見やすい。そういう地域をオーロラベルトと呼んでいて、カナダやアラスカ、フィンランドあたりは有名だね」

「そうなんですか……」

紅はしばし考え、ふっと湧いた疑問を口にした。

「まさか日本でもオーロラが見られたりしますか？」

一笑に付されると思っての問いだったが、意外なことに井筒は真面目な顔で、「見られるよ」

と答えた。

「……え？」

「頻度が高いのはやはり北海道かな。ただし、低緯度地帯だから色は赤くなるんだ」

「赤が混じる、ではなくて、赤だけのオーロラなんですか？」

「そうだよ。まだオーロラについて詳しいことはわかっていないんだけど、どうやらオーロラの上部は赤いことが多いらしい。地球はほぼ球形だから、日本やヨーロッパあたりの緯度から眺めると上のほうだけ見えて赤いんだ。ちょうど、扇のように上部に広がって見えるという報告もある」

「赤い……扇……!?」

紅は勢い込んで井筒に一歩近づく。もしかして、北海道旅行で大江綾子が見たものは――。

「いつも……いつも見られるわけじゃないですよね？　何年かに一度ですか!?」

「そうだね。正確にはわからないけれど、本州でもいくつか記録があるよ。たとえば、安政六年八月六日。青森、秋田、和歌山で見られたらしい」

「安政、六年……？」

紅は指折り数えてそれがいつなのかを確かめる。安政――は幕末。そうだ。小町が言っていたではないか。いまから七十年ほど前だと。

七十といえば――スエの顔がよぎった。

「あの……！　京都では見られなかったんですか？　もしかして――」

スエが見たものは。美しい紅《くれない》の夜空は――。

だが、井筒は無表情を崩さず首を振った。

「いや、安政に限れば、京都の記録はないと思うな。京都で見られた直近のものは、明和七年七月二十八日、二十九日の出現だろう」

もうここまでくると紅には計算できない。それを察してか、井筒が「いまから百五十五年前だよ」と補足した。

さすがにそこまで昔からスエは生きていない。ふっと表情を翳《かげ》らせてしまった紅に、「なにか役に立ったかな」と井筒が怪訝そうに問いかけた。

「あ、はい。ありがとうございます」

そこに、白木の折箱をていねいに包んだ大江がやってきた。井筒は今日初めて表情をやわらげ、「よかった」と呟いた。

「無理を言ってしまってすみません。また参ります」

それから彼は愚直で生真面目な研究者の顔に戻ったけれど、紅には早めに吹いた春風を感じたように、なにかが変わっていきそうな予感を抱いた。

そして井筒を見送ってから、しばらく帳場の前に立ち尽くす。

「オーロラ、か……」

そう呟いたのは大江だった。いつのまにか紅の傍らに来て、同じものを見つめている。

綾子が描いた二枚の絵画。

「赤と緑……」

大文字の送り火と竹林。正反対の色づかい。昼と夜。刹那と安寧。

「先生……。スエさんは子供のころに、空に広がるふしぎな赤い光を見たそうなんです。それはいったい――」

大江はいつもの柔和な、少し困ったような笑顔で、「んー」と言う。

「そうだなぁ。俺にはよくわからないけれど……紅ちゃんが来てから、ちょっと考えが変わったことがあるんだ」

「……なんですか？」

「記憶だけがすべてじゃない。そして、見えるものだけがすべてでもない。人によって感じ取る色だって違うんだろう。だから――思わぬところに答えはあるんだと思う」

それが見つかるかどうかはわからないけどねと、大江は苦笑しながら、硝子ケースから数粒だけ残った琥珀糖を取り出し、紅の掌に載せた。

「だけど、紅ちゃんなら探し出せるような気がしているよ」

「……記憶だけが……すべてじゃない……」

輝く緑と赤の結晶を紅は眺め、そっと口に含んだ。対照的な二つの色は同じ歯ざわりをもって砕け、やわらかな甘さとともに春先の薄氷《うすらい》のごとく消えていった。

「……先生……スエさんの妹さんって、どこにいるんでしたっけ……？」

どこか譫言のように問いかけた紅だったが、答えはすでにわかっていた。

「え？　あぁ、それは――」

大江が改めて教えた一言を聞くと、紅は風のように戸を開けて夕暮れの街を走った。

朱《あか》く黒い夜が東側から迫ってきていた。

けれど、いつかあの人たちが見た空の色はきっと違う。

それはもっと赤く、紅い、鮮やかな夜だ。


「スエさんっ！」

紅が竹内家へ駆け込むと、居間では割烹着姿の野分がせっせとおこわをよそっているところだった。

「あ、紅さんおかえりなさい。どこに行ってたんですか？　一緒にご飯、食べます？」

どうやら、野分は酔いつぶれていたときの記憶を失っているらしい。すがすがしいまでの笑顔を振りまかれ、紅は呆れた。

「もう！　オーロラ先輩、井筒さんのところに行ってきたんですよ！」

「え？　それはまたどうして？」

「ええと、話せば長くなるんですけど……！」

「まずは座ってくださいよ。あ、紅さんは汁ものって味噌派ですか、それともすまし汁派？」

「もう！　座ってなんかいられません！」

紅は野分に当たった。

「あとで説明しますから、ちょっとお店に来てくれませんか？　スエさんも一緒に」

「い、いまですかぁ？」

紅に急かされ、野分は素っ頓狂な声を上げた。スエも怪訝そうにしている。

「どないしたん、お嬢ちゃん。『オーロラ』っちゅうんは手に入ったんか？」

「えー？　オーロラですかぁ？　そんなもの持ってこられるわけないですよねぇ」

ケラケラ笑う野分に再び肘鉄を繰り出し、紅はスエの手を取った。

「いいから、行きましょう。スエさん」

紅の顔を見てなにかを悟ったのか、スエは戸惑いながらも手帳を竹籠にしまう。そこに結びつけられた椿の根付が鮮やかに揺れた。

外にはますます夜闇が迫っている。山際で薄れていく光を追いかけるように、紅は小走りに狭い道を抜けた。

「ちょ、ちょっとぉ、紅さん！　そんなに急いでどうしたんですかぁ」

後ろから、スエを背負った野分がついてくる。スエは竹籠をしっかり握りしめ、野分に揺られる。紅は冬枯れの植木鉢に躓《つまず》きそうになりながら、野分を誘導した。白い息がどんどん荒くなり、気管支まで冷えて痛くなってくるころ、静閑堂の穏やかな灯りが見え、ようやく救われるような思いがした。

「スエさんの見た赤い空は本当だったんです！」

息を切らしながらも、紅は確信を込めて、夜空へ叫ぶように言った。

「えっ？」

突然のことに驚く野分とは反対に、スエはどこか寂しげなまなざしを伏せている。

「お嬢ちゃん、もうええって言うたやん……。うちは――」

「聞いてください、スエさん。それは日本のオーロラだったんです。数十年に一度しか見られないような珍しい天体現象で、夜の空が赤く光るんです！」

「……オーロラ……」

スエの呟きが紅の耳にも届いた。

「そないなわけあらへんやろ。ほんならなんでみんな、うちんことホラ吹きや言うたん？　そないに珍しいことやったら、なんぼ子供でも大人から聞いとるやろ……」

きっとそれは、スエが長年考えていたことだった。スエは幾度も、同じような問答を自分で繰り返しては打ち消し続けてきたのだろう。

「それは、京都ではオーロラが観測されなかったからなんです」

紅の台詞に、スエは「やっぱり」と言うように顔を上げた。

「だけど、スエさん。きっと一つだけ記憶から抜けていることがあるんだと思います」

「なんやて？　そないなはずは——」

「思い出せますか。その日は、安政六年の八月六日だったんじゃ？　この直前、スエさんの周りでなにか大きなできごとがありませんでしたか？」

それを聞き、スエの目が大きく開かれた。

「安政、六年……？　そら、あんた——」

「ええ。そのころ、ちょうど妹のマツさんが生まれたばかりだったんじゃないでしょうか？お母さんの実家の和歌山で」

見上げたスエの瞳に光が生まれているのがわかった。それは電灯の反射でも、三等星のかすかな光でもない。それが問いへの肯定を示すことと受け取り、紅は店の格子戸を開けた。野分が背後からおずおずと問う。

「……もしかして、スエさんのお母さんは、里帰りして出産した……？　当時の末っ子だったスエさんだけを連れて——」

「そうだったんですよね？　だとすれば、京都の友達に話しても誰も信じてはくれないはずです。その日、オーロラは京都で見られなかったのだから」

「……京都では……見られへんかった……」

「スエさんのお母さんもたまたま別の部屋に行っていて、見ていなかったんでしょう？　赤ちゃんの世話でそれどころじゃなかったのかもしれませんし」

店に入ると、大江がいつもの顔で紅たちを待っている。あたたかい空気が頬を包んだ。

「だけど、ひいおばあさんだけは信じてくれたんですよね？　それは、明和七年に――当時三歳ほどだったひいおばあさんも、京都で同じ空を見ていたからです」

紅は数歩進んで立ち止まり、帳場の壁にかけられた絵の片割れを指し示した。

四方三十センチほどの、大文字の送り火の絵――かと思っていたが、燃える山のどこにも文字などない。夜空から産み落とされたかのように青みがかった、ふしぎな深紅《しんく》が山裾から山頂までを覆っていて、そこには金色の火の粉が無数に散っている。

「大江先生。ちょっと気になることがあるんですが……この絵、触ってもいいですか？」

「え？　あぁ、いいけど？」

紅は一つ息をつくと、艶がある木製の額縁をそっと両手でつかんだ。壁の金具からそれが外れるかすかな手ごたえを感じると、一気にその上下をひっくり返した。

「あっ――」

野分が声を発した。彼だけではない、全員がきっとそれに気づいた。

そこにあるものは燃える山ではなく、扇型の紅い光をたたえた空なのだと。

そしてその中に精緻に打たれた金の点すべてが、冬の星図であると。


「これが、スエさんとひいおばあさん、そして大江綾子さんも北海道で見た赤い空――日本のオーロラです」


野分とともに、スエはぽかんとその絵画を見つめていた。背中からそのままずるずると滑り、土間に両の足を立たせる。「おぉ」と単語にならないような声を上げながら歩を進め、帳場の畳に手をついた。

そのままスエが取り出したのは、竹籠の中の手帳だった。スエもまた、気づいたのだろう。啓太郎が遺した最期の言葉の意味に。

震える手で、古い手帳をめくる。その指先に刻まれた深い皺一つ一つが、遠い国の氷河を思い起こさせた。やがてそれは最後のページを開く。幾重にも織られた黒い線描。そして。


『つひに辿り着かん。極楽の光へ』

「もしかして、啓太郎も見たんやろか……」

かすれる声でスエが絞り出した。その声は誰にでもなく、息子の魂へ語りかけているようでもあった。

それに答えたのは野分だ。

「ええ。ウラジオストクのあたりでしたら、緯度は札幌と同じくらいですから、赤いオーロラが見られた可能性は十分にあります」

「あぁ、そやけど、そないなはずあらへん。ほんならなんで啓太郎は、うちを嘘つきって憎んで死んでったんや……」

「違いますよ、スエさん。これをよく見てください」

紅は、消えかかった次の行に――『お母ちゃんは嘘つきや』に触れる。


その瞬間、これまでにないほどの鮮烈な光が紅を包んだ。

紅は夜の凍土に立っている。

左右に鋭くそそり立つ針葉樹。前方にあるのは鏡のように微動だにしない湖。

そしてその上空いっぱいに広がる、青みがかった紅い光。

地上から天中に向かって巨大な扇型に広がった光は、その中にたくさんの魂を躍らせているようにも見えた。そこにいるのは龍や、鳥や、裾を広げた女神。そして名も知らぬ人や獣たち。

絡まりあい、ほどけ、自由自在に宴を繰り広げている。

この世のものとも思われぬ光景に目を奪われたのは、きっと紅だけではない。視線の持ち主もまた、同じ心で――いや、それよりももっともっと切実な思いを持って、これを見上げていたはずだった。


世界が戻ってくる。遥かな凍土から舞い降りた紅は、京都の片隅の静閑堂で、スエが持つ手帳を指さしている。眦からは知らず涙が溢れていた。

「ここにあった本当の文章、私にはわかります……」

震えてしまう声を必死に抑制し、紅は思いを伝える。


「消えてしまった言葉は、『お母ちゃんは嘘つきやなかった』。これしかないと思います」


複雑な家庭に対する葛藤が、きっと啓太郎にもあっただろう。だけど、嘘つきの子と、偽りの子と罵られようとも――それとも、罵られれば罵られるほどに、それに溶け込んで楽になってしまいたい思いと、どこかで生まれる反発心とが募っていったに違いないだろうと、紅は自らを重ねた。そこから生まれた答えは、きっと――。

「啓太郎さんは、スエさんを憎んでなんかいませんでしたよ」

そっと声を出したのは大江だった。包み込むようにあたたかいまなざしでスエを見つめ、「むしろ、信じていたからどうにか真実を証明したかったんじゃないでしょうか」と言った。

「いつか、彼が俺に話してくれたことがあります。『お母ちゃんが胸を張れる息子になりたい。立派な仕事をしたい』って……」

大江がそれをスエにあえて告げなかったのは、彼の死に対して重荷を背負ってほしくなかったからだった、と話した。

「だけど、その考えは間違いでした。啓太郎さんはご自身の強い意志で海外へ出た。それはきっと、その向こうにいる誰かを助けて、自分の目で世界を見定めるためだったんですよね」

啓太郎は海の外へ飛び出した。母の反対を押し切ってまでも、人助けする仕事へがむしゃらに取り組んだ。

それは啓太郎が走りながら出した一つの答えだったのだろう。彼はなにものかを見たかったのだ。そして、死のまぎわに奇跡を見つけた。自分の足と目でそれを見つけられた。なにかを阻んでいた巨大な氷山が崩れ去り、彼は凍える手でスケッチと咆哮を遺した。

帳場に伏して泣き崩れるスエに、紅は自分が視た光景を伝えてやりたいと、もどかしい心を抱える。

だけど、すぐに思い直した。

いま、きっとスエにも見えている。凍土の上に舞い踊る、神々の紅い光が。

特別な力などなくても、人は「なにか」を見ることができる。それは、これまでなまじいろいろなものを視てきたからこそ思えることだったのかもしれない。それとも、そのせいで紅の瞳は自分で確かにものを「見る」ということを、忘れてしまっていたのだろうか。

いずれ、紅はスエが流す涙の意味を信じられた。スエは伏したまま、「啓太郎……」とその名を呼んだ。

「もっぺんあんたを抱きしめたいわ……」

そこに大江が手ぬぐいと菓子皿を持って近づいてくる。スエは黙って顔を拭き、しゃくり上げながら緑の琥珀糖を選んで光に透かした。

しばらく、その色をじっと見ていた。やがてゆっくりそれを口に含んだスエは目を閉じて、

「……ぬくいなぁ……」と呟いた。

三

朝の光が障子越しにふんわりと感じられ、紅は布団の中でまどろんでいる。

ぼうっと覚醒しはじめながら、最前まで見ていた夢の内容を思い返そうとした。だけど、それはどんなものだったか、ひっくり返したお茶のように、もう頭から流れ落ちてしまったみた

いだ。穏やかで、ゆるやかな夢だったという印象しか、もう残っていない。

「こらっ！　いつまで寝とるんや！」

唐突な怒声とともに眠りの膜は破られ、はぎ取られた布団の代わりに冷気が襲いかかってきた。紅は、「わあぁ！」と間抜けな声を上げ、寝間着のまま芋虫のように丸まるしかない。

「ほら、今日も仕事なんやろ！　起きた起きた」

紅を威勢よく急かすのはスエだった。いつもと変わらず元気に喋っている。

そういえば、昨日は竹内家に泊まったんだった――思い返しながら起き上がった紅に、「紅ちゃん、もう時間やろ。おむすび持ってってな」とスエは布団を畳みながら言う。初めて呼ばれた名前に、紅はむずかゆいような心地になる。

「あぁ、ちょっと待ってくれはる？」

紅を見てなにかに気づいたらしいスエが、鏡台の前に座らせて髪を結いはじめる。

束髪くずししかできない不器用な紅に、三つ編みを頭の上で交差させて止めたイギリス結びを作ってくれた。

もし母が存命だったら、こうやって支度してくれる日もあったのだろうかと、場違いな思いにとらわれてしまった。それを察したわけでもないだろうが、スエはふと手を止め、「紅ちゃんって、ええ名前やな」と言った。

「……出身は東京やろ？　よかったらこのままうちで下宿せえへん？　また誰かと暮らすんも

わるないって、思うんよ」

優しい口調でそう言われ、紅は思わずスエに抱き着いてしまった。


静閑堂に帰った紅だが、なにかがいつもと違う気がした。開店準備はしっかり整っているのに、工房から聞こえるはずの作業音がしない。

帳場の長火鉢の上で低く鳴る鉄瓶と、時計が刻む音のみが、この店が確かに生きていることを感じさせた。

「帰りました、先生……」

そうっと工房の戸を開けると、大江が作業台に突っ伏して眠っていたので驚いてしまった。いままで、こんな姿は見たことがなかったからだ。

このままでは風邪を引くと思い、紅は羽織っていた白のショールをかけようと近づく。見れば、大江の手元にはいくつもの祝菓子の図案が描かれた帳面があった。きっと、早めに今日のぶんの商品を作ったあと、小町らの婚礼菓子を考えていたのだろう。

ショールをそっとかけたつもりだったが、大江はその気配を感じ取ったようだった。もぞっと顔を動かし、「……綾子……?」と呟いた。

それとともに、うっすらとその瞼が開かれる。紅は眉を下げたままで微笑み、「紅です」と言う。

顔をもたげた大江は、一瞬誰か違う人を見たような表情を浮かべたが、それは紅の気のせいだったかもしれない。彼はすぐ温和な笑顔になり、「おかえり」と言った。

「小町さんたちの婚礼菓子を考えていたんですか？」

ことさらに明るく言った紅の声に、大江はたぶん気づいていないはずだ。

「うん。やっぱりあの二人を結びつけたオーロラがいいかなと思ったんだけど、自分のときとは違って、お祝いに向かないようなものを作るわけにはいかないからねぇ。こんなものはどうかな？」

いつもの調子で指し示したものは、「松」の形をした練切あんだった。「常盤《ときわ》色から白へ」と、細かくグラデーションの指定がなされている。

「色合いがオーロラみたい。素敵ですね」

「だけどこれだけじゃね……。なにかないかな？」

問われた紅は、しばし考えて鉛筆を拝借する。ていねいにデッサンしたものは、「紅色」と補足した扇型の練切あんだ。

「金粉を散らして、持ち手は薄い黄色にすれば……ほら、まるで赤いオーロラです」

はにかむようにそれを見せたものの、大江はぽかんと口を開けたまま黙ってしまった。

「……え？　す、すみません！　なにか気に障ることでも……？」

紅が驚いて帳面を隠そうとすると、大江はぽつりと、「ありがとう」と言った。

「オーロラの絵を見つけてくれて、ね。……あの絵は、綾子が最期まで手がけていたものでね。筆を持ったまま倒れて、意識が戻ることはなかった」

「そう、だったんですか……」

綾子は小町に、「きっと驚くわよ」と茶目っ気たっぷりに伝えていた。それはオーロラが赤いということだったのだ。その死によって文字どおり夜の闇に埋もれてしまった絵を見つけられたのは、確かに幸いだったかもしれない。

「絵もイーゼルごと倒れてしまったから、そのとき上下を取り違えてしまったんだな。俺は仕事ばかりで京都にいるのに五山《ござん》の送り火も見たことがなくて……恥ずかしいかぎりだよ」

「いえ、私だってそれは同じでしたから……」

二人で苦笑を交わすと、大江が少しあらたまったように言った。

「それに、小町ちゃんのために赤を使ってくれたことにも。感謝しているよ」

「そんな、違いますよ」

紅は笑って首を振った。

「苦手だから我慢して考えたなんてつもりはありません。自然に湧き上がってきたものを描いただけですから」

言いながら、紅はそんな自分を少しふしぎに思った。いつからそうなれたのだろう？　こんなこと、東京で絵画の習作をしていた時期にもなかったことだったのに。だけど……これまで紅がいくつか考えた春の和菓子のスケッチに赤が含まれていなかったことを、やはり大江も気づいていたのか。

「そうだ。このお菓子、今日作ってみませんか？　小町さんたちに見せたいんです」

「あぁ、いいね。やってみようか」

「あの……そうしたら、もう一つ多く作ってもいいですか？」

「この扇のほうだろう？　いいよ」

紅の意図を汲んだらしく、大江は承諾した。

開店の九時までまだ間があるので、このまま試作することになった。少し照れくさいような気持ちを抱えながら、紅は大江を手伝う。

白生あん、砂糖、水、そして少しの求肥で作った練切あんを使うぶんだけ分け、紅花《べにばな》の色素を入れて紅色を、梔子で黄色の生地を作った。それらを組み合わせて薄く広げ、こしあんを包み込む。

なんとか紅はそこまでやってみたが、この先はまだ難しい。大江の手が、円形のそれを軽やかに扇型へ成型していく。木べらで五本の筋を入れ、金粉を散らせばできあがりだ。

「すごい……」

何度見ても大江の動きは魔術のようだった。もともと器用だということは聞いていたけれど、それだけではなくて、相当な練習を重ねてきたのだろうと思う。

「さぁ、そろそろスエさんが来るころだね。これ、渡してあげて。お代はいいから」

大江に微笑んでそう言われ、「はい！」と紅は頷いた。和菓子について紅が考えていることは、この店主にはいつもお見通しなのだった。

そこに、表戸が開く音がする。スエが来たのかと思ったが、「おはようございまーす」と間延びしたような声は違った。

「野分さん。おはようございます」

野分とともに竹内家へ泊まった紅だったが、今朝はまだ顔を合わせていなかった。おにぎりを持たされて慌ただしく出てしまった紅の代わりというわけでもないだろうが、野分はゆっくり朝ごはんを食べてきたのだろう。

「荷物、ここに置きっぱなしですみませんでした。持っていきますね」

「あら、持っていくって、どこへ？」

「スエさんのおうちですよぉ」

疑問を浮かべた紅へ、野分は思いきり目尻を下げて笑いかけた。

「今朝、夢うつつに聞こえたんですけど、紅さんもスエさんのおうちに下宿するんですよね？僕も誘われたから二つ返事で快諾しましたよ」

「あぁ、そうだったんですか。下宿先が決まってよかったですね」

紅は微笑み、「けど」とつけたした。

「残念なんですが……私、そのお話はお断りしたんですよ。見てのとおりお菓子屋は朝が早いですから、ご迷惑になるかと思って」

「えっ……」

野分は笑顔を固まらせたまま沈黙してしまった。なにかにつけてずいぶん大袈裟な人だなと紅は思った。

「でも、スエさんは一人暮らしでしょ？　すごく心配だったんです。野分さんが下宿してくれて私も安心しました」

「あぁ、そりゃ……任せてください！　あっはっはー……はぁ……」

野分は急に大声で笑いはじめて落ち込んだ。疲れているのかなと思ったが、住居が定まれば落ち着いてくるだろう。

スエが待っているというので、野分は風呂敷を抱えて出ていった。荷解きが落ち着いたあたりに顔を出してみよう、と紅は思う。

そこへ入れ替わるように戸を開けて入ってきたのは、ブーツを鳴らすモダンガールだった。これから仕事なのだろうか。落ち着いた群青色のロングワンピースに、同色のショールを羽織っている。

「ごきげんよう」

「小町さん！　いいところに！」

紅は大声で大江を呼んだ。そして、興奮しつつ綾子の絵を指し示す。探し求めていたオーロラの絵を意外なところで見た小町は、眉一つ動かさず、じっとそれに見入っていた。

「なるほどね……低緯度オーロラ……」

「どう？　きみがよければすぐにでも持っていってもらってもいいけど――」

大江の問いに、小町は「ありがとう」と言った。

「だけど、いまはいいわ。姉さんが、ちゃんと約束を守ってくれていたってことがわかったから……」

小町の瞳は潤んでいる。そこにあるのは、目的のものを得られた喜びというより、幼子が雑踏で家族を見つけた安堵に近い感情のような気が、紅にはした。

「稔さんとね、改めて出かけることにしたの。彼の身辺が落ち着いたあたりにね」

そう言って小町は微笑んだ。どうやら、昨日井筒が買っていった琥珀糖は、婚約者の心に無事届いたらしい。紅が大江を見ると、同じような思いを抱いた様子で頷いている。婚礼菓子の試作を見せると、「きれい」と小町は喜んだ。そして、帰り際に紅へと耳打ちした。

「彼の気持ち、少しわかった気がするの。背中を押してくれたのはあなたなんでしょ？　彼が感謝するって言ってたわよ、珍しく」

「あ、いいえ、背中を押したってほどじゃ――」

「あなた、わたくしの親友らしいわよ？　昨日会ったばかりなのにね」

大袈裟に肩をすくめてみせる小町だったが、やがて耐えきれなくなって笑い出したので、紅もつられてしまった。


こうして、静閑堂のなにげない早春の日は過ぎていった。

閉店後。帳場で売り上げ計算を終えた紅のもとへ、お菓子を片づけた大江がやってきた。その手が携えているのはいつもの大福や饅頭ではなく、珍しい品だ。

「あら。瑠璃色の洋灯……」

それを見た紅には、少し懐かしい気さえした。ここに来た最初の日、二階の文机の上にあったものだったからだ。紅が本格的にそこの部屋を借りることになって、洋灯は大江の寝室に移動していった。

「これはね、なんでもヨーロッパからシベリア鉄道を通ってたどり着いたアンティークらしいんだ」

大江はどこか感慨深げにそう説明した。

「昔、綾子の絵を気に入ったという人が、お土産に置いていったものでね。もしかしてこれはオーロラを見てきたんじゃないかななんて、思い立ったんだ」

中の蝋燭《ろうそく》に火を灯し、店の電灯を消す。暗闇になったかと思えば、澄んだ青い光が梁《はり》と天井を染めたので、紅は感嘆のため息をついた。

「本当、オーロラみたい……」

もちろん、紅は有名な高緯度のオーロラを見たことはない。だけど、ゆらめく炎が作り出す青い影絵は、幻視した光の中の舞踏を思い起こさせた。

「先生。私……これまで自分がどこか特別な人間だと、傲慢に思っていたところがあったんです……」

隣に腰かけた大江を横目に、紅はそう切り出した。

「私は、他人の見えないものが視えるから。母親がいないから。かわいそうな子だから。そうやって思い込むことで、自分を保っていたかったのかもしれません。……いえ、それすらも傲慢なんでしょうけれど」

「そう……」

大江は否定も肯定もしなかった。ただ変わらぬまなざしで紅を見ている。

「小さいころは、自分が視てしまうものがいやで、怖くて……。けれど年齢を重ねるごとに、『思い出の色』ですべてを許ろうとするようになっていったのかもしれません。視たものに必ずなにかの意味があると思いたくて、過信して――」

そして、昨日視た赤いオーロラのことを話した。

「だけど、スエさんも同じものがきっと見えているると、自然に思えたんです。それを視るものは特別な目ではなくて、心なんだって。それで、自分がすごく恥ずかしく思えて」

紅色の和菓子を作れたのは、それに関係するのかもしれなかった。目の前にあることがすべてではないけれど、それでも信じたいのだと、どこかで思えた。紅の中でも氷山が一つ、解けていった。

ふぅと息をつき、口を閉ざした紅だったが、大江の返事があるとは思っていなかった。こういうとき、この店主は無理に慰めたり、ことさらに同調して機嫌を取るような性質ではない。横にいて聞いてくれるだけだ。それが大江の軽やかさでもあるけれど、その根底には彼のやわらかい優しさがあることに、紅は気づいていた。だから弱音を吐いてしまえる。

それも自分の甘えなのだと、わかってはいるけれど。

「映画を、観にいかないかい？」

予想外の言葉が大江の口から飛び出したので、紅は驚いてしまった。

「え、映画ですか？　どうしたんですか、いきなり」

「ほら、霧峰さんの『四季がたり』だよ。早く行かないと終わっちゃうんだろう？　いままで忙しさを口実にしていたけれど、そうも言ってられないじゃないか」

「ま、まぁそうですが……」

きみもまだ行っていないだろ、と言いながら大江は立ち上がる。

「さぁ、いまなら八時の回に間に合うから」

「えっ!?　いまからですか!?」

紅は仰天してしまった。仕事が終わってから出かけるなんて、これまで一度もなかったからだ。そもそも大江は映画鑑賞をしたことがないではないか。

「俺も見てみたいんだ。いろいろな世界を」

慌てて土間に下りようとしてよろけた紅を支え、大江はそう言った。

「そして、たくさんの人に喜んでもらえるお菓子を作りたいよ」

「先生は……もうすでにそれができていますよ」

大江はずいぶん近くで、目尻を下げて微笑した。

「まだだよ。きみには及ばない」

「え?」

「きみは、たくさんの笑顔を作れる人だよ。少しくらい失敗が多くても、不器用でも、いいじゃないか」

「一言余計ですよ!」

半泣きになる紅に、大江は微笑んだ。

「これからもここにいてくれるかな。俺も紅ちゃんのようになれるよう、頑張るから」

「先生……ありがとうございます……」

大江が戸を開けると、いまにも降ってきそうな星々が迎えた。

紅は、ショールを羽織って勢いよく外へ飛び出す。

二人の白い息が、確実にここにある季節を示すとともに、消えていくその尻尾に、やがて巡る春を思わずにはいられなかった。

「行きましょう」

紅は大江に向けて笑った。自分がここにいられるのは、彼が作ったお菓子だけの力ではないと、思いながら。

そうして、二人は進んでいく。どんな間柄でもない距離感で。歩みながら交わす笑顔が深まっていることには、まだ気づかないまま。

終章　世界に満ちる色

早朝の澄んだ空気の中、久方ぶりに訪れた丘の神社では、爛漫《らんまん》の紅桜が迎えてくれた。

春彼岸に、紅は南青山の実家へ帰省して母の墓参を済ませた。長らく会っていなかった父は学校再建が軌道に乗ってきて元気そうだったし、親戚や友人の顔も見られてほっとしている。

彼岸はお供え菓子や牡丹餅《ぼたもち》作りで忙しいというのに、こんな機会をくれた大江に感謝しつつ、去年まで自分がいたはずの街で、なにかが欠けているような寂しさを感じている紅だった。

もう少しいればいいという父の誘いを断り、紅は今日静閑堂へ帰る。その前にここへ寄ったのは、自分の「色」を確かめたくなった――そんな漠とした理由だった。

「桜、きれいね……」

母が生きていたころは、散歩がてら何度もこの石段の上の古い神社へ来た。そのときに覗いた井戸は先年の震災で枯れてしまったといい、巨大な石の蓋でふさがれていた。

だけど、紅はあの神様の青を忘れることはないだろう。

そして――。

「紅……」

ふいに胸に手を当てた紅は、風に乗ってくるような懐かしい声を聞いた。

やがて気づいた。自分がいま、幻の中にいるのだと。


幾年前の同じ季節。

幼い紅は、大好きな人に手を引かれ、同じ花の下を歩いている。

「あなたが生まれた日はねぇ、朝焼けがとってもきれいだったのよ」

舞い散る花弁を浴びながら、母が微笑んでいた。

「『一日が明ける』――遠い昔、この言葉から『アカ』が生まれたって、お父さんが教えてくれたの。赤は光の色。命の色」

「ひかり？　いのち？」

「そうよ。だからあなたは『紅』なのよ。どんなときでも、あなたの前に光がありますように。そしてあなたも、誰かの光になれますように……」

優しい声は再び風にまぎれて消えていく。

あとに残ったのは、紅のほかは誰も見ていない桜吹雪だった。
紅が手を伸ばすと、そのうちのひとひらがふわりと舞い降りた。その、やわらかな光の粒を含んだ赤を眺めながら思う。

——世界には赤が満ちている。

こんな日でないと実感は湧かないけれど、樹木や空やこの体の中に、赤はある。ただ、ふだんは見えないだけ。ときおり現れるその色に、人々はハッと目を奪われ、愛でたり畏怖したり、祈ったりする。
それは、つかめない青の自由さとは違うかもしれない。赤はいつも静かに眠っていて、ときに絶望すらもたらす。だけど、人が生きるこの世界には欠かせない。

「きれいな色には神様がいる、かぁ……」
ずっと前に母が言っていたこと。それはきっと、単純にものの美しさを褒めたたえる言葉ではない。人がなにかを見つめるとき、そこにどんなものだって発見することができる。美や神や、もしかしたら悲しみだったりもするかもしれない。そのこと自体の尊さを言っていたのではないか。

もう、答えを聞くことは永遠にできない。けれど、紅は自分の思いを信じようと思う。そういう気になれるのは、きっとこんな自分を信じてくれる人との日々があるからだ。

「お母さん。私ね、叶えたい夢ができたの。それに、目指したい人がいる……。見守っていてね」

まだ、夢への道は遠い。だけどいつの日か自分の両足でしっかりと立てるように、もがいていきたい。

紅はふっと息を吹き、紅《くれない》の花を空へ返した。朝日が自分と同じ名の色でそれを照らす。目を細めながら、紅は神社の古い鳥居や、垣根に咲く春山茶花《はるさざんか》に気づく。

こんなにも、この色は溢れているのだ。自分が見ようとしなかっただけで。

紅は鮮やかな景色を胸に焼きつけて、待っていてくれる人たちの場所へと足早に向かっていく。そしてどんなお菓子を作ろうかなと、微笑みながら考える。ここにある美しい景色を、描けるだろうか。いまは難しくても、いつかきっと。

自分がもらった感動を、また返したい。大切な人へ。たくさんの人たちへ。

春の盛りを全身で感じながら、紅は東京駅へと歩く。

花は祝福のように、いつまでも丘の上から降り注いでいた。

あとがき

子供のころ、世界をどうにかとどめておければと願っていました。

羽化する蝶の翅《はね》の皺や、初雪のやわらかさ、大切な人たちとの暮らし。それらは決してとどまらず、時間の果てに流れていくものと知っていながらも、指先からこぼれてしまうことが耐えられなく思えました。せめて自分の目と瞼がカメラとシャッターだったなら。そうすればこの瞬間はいつでも取り出せるのに、と。

それはおそらく、多くの人がどこかで考えることではないでしょうか。だから人は文明を生み、文化を育んできたのでしょうし、私もまた拙《つたな》く文字を書いています。

主人公、紅が視《み》る「思い出の色」は、そんな私の願いが一つの形で実ったものでもあります。本人には苦労もさせましたが、やはり私は「彼」のように、紅のことが羨ましいです。そして紅自身も、どうにか自分らしく世界を表したいと思い続けているようです。夏に故郷を飛び出した紅には、どんな春が待っているのでしょうか。

さて、本書は大正＋京都＋和菓子と、私がずっと憧れていたものばかりが揃いました。

私は過去に和菓子職人さんの近くで働いていたことがありまして、その鮮やかな手さばきやお菓子の繊細な美に見入っていたものです。体験させてもらっても、あんこを丸めることすら下手という不器用っぷりでしたが……。

そして、「好きな人の顔が思い出せない現象」、わかる方いらっしゃいますか？（なんの話？という方は本文へＧＯ！）私の周りではわかる！という人とさっぱりわからん！という人に分かれました。検索すると体験談がいくつも上がっていましたし、興味深いです。


本書は多くの方に支えられ、ここに来ることができました。

イラストを手がけていただいた前田《まえだ》ミックさま。私が何万字も連ねて紡《つむ》ごうとした世界観を、一枚の絵でそれ以上に表してくださいました。色の力、光の力を改めて信じることができ、幸せな思いでいっぱいです。

デザインを担当してくださったbookwallさま。校閲さま。私の妄想をいつもまともに取り合ってくれる担当編集の粂田《くめた》さま、青木《あおき》さま。関係者のみなさま。友人、家族。本当にありがとうございました。

最後に、本書を手に取ってくださったあなたへ。私の感謝の気持ちが、文字に触れてくださった方に視えるならどんなに嬉しいことか。それは叶わなくとも、物語のほんのひとかけらでも心に届くことを願っています。そしてまた次の物語でお会いできますように。

紅《くれない》の躑躅《つつじ》の季節に　大平《おおひら》しおり

【参考文献】

『日本の色辞典』吉岡幸雄（著）紫紅社
『アオバナと青花紙―近江特産の植物をめぐって―』阪本寧男・落合雪野（著）サンライズ出版
『日本に現れたオーロラの謎――時空を超えて読み解く「赤気」の記録』片岡龍峰（著）化学同人
「動的平衡と無常」『サンガジャパン　vol.12』福岡伸一（著）サンガ
『【増補改訂】日本・ポーランド関係史―1904-1945』エヴァ・パワシュ＝ルトコフスカ（著）、アンジェイ・タデウシュ・ロメル（著）、柴理子（訳）／彩流社

〈著作リスト〉

春くれなゐに～思ひ出和菓子店を訪ねて～（IIV）
リリーベリー　イチゴショートのない洋菓子店（メディアワークス文庫）
土方美月の館内日誌　～失せ物捜しは博物館で～（メディアワークス文庫）
七十年の約束　～届く宛てのない手紙～（メディアワークス文庫）
アンティーク贋作堂　～想い出は偽物の中に～（メディアワークス文庫）
スイーツ刑事　ウェディングケーキ殺人事件（メディアワークス文庫）
きみと詠う　江の島高校和歌部（メディアワークス文庫）
彼女が俺を暗殺しようとしている（電撃文庫）

大平しおり ●おおひらしおり

第15回電撃大賞の応募をきっかけに『リリーベリー イチゴショートのない洋菓子店』でデビュー。その後、メディアワークス文庫で多数執筆する岩手在住の作家。多くの作家を輩出する岩手日報社出版の文芸雑誌「北の文学」でコラムや小説作品を執筆するなど、精緻に練られた時代小説を執筆するほか、柔らかで心温まる作品を得意とする。

前田ミック●まえだみっく

埼玉県在住。書籍装画、音楽動画、広告用イラスト制作など幅広く活躍するイラストレーター。柔らかな光や空気が溶け込んだ日常と、どこか懐かしくもあり情緒あふれる情景の表現を得意とする。

本書は書き下ろしです。

IIV

春《はる》くれなゐに ～思《おも》ひ出《で》和《わ》菓《が》子《し》店《てん》を訪《たず》ねて～

著　　者　大平《おおひら》しおり
装　　画　前田《まえだ》ミック

2021年8月25日　初版発行

発 行 者　鈴木一智

発　　行　株式会社ドワンゴ
〒104-0061
東京都中央区銀座4-12-15 歌舞伎座タワー
IIV編集部：iiv_info@dwango.co.jp
IIV公式サイト：https://twofive-iiv.jp/
ご質問等につきましては、IIVのメールアドレス
またはIIV公式サイト内「お問い合わせ」よりご連絡ください。
※内容によっては、お答えできない場合があります。
※サポートは日本国内のみとさせていただきます。
※Japanese text only

発　　売　株式会社KADOKAWA
〒102-8177
東京都千代田区富士見2-13-3
https://www.kadokawa.co.jp/
書籍のご購入につきましては、KADOKAWA購入窓口
0570-002-008（ナビダイヤル）にご連絡ください。

印刷・製本　株式会社暁印刷

ISBN978-4-04-893087-1　C0093
Printed in Japan